La spia tedesca

Richard G. Hole

La spia tedesca
Un romanzo sulla Seconda Guerra Mondiale

Richard G. Hole

Seconda Guerra Mondiale

SINOSSI

Si avvicinò a un armadio attaccandolo alla parete destra. Un abito appeso e una valigia apparvero davanti ai suoi occhi. Toccò il vestito senza sentire il fruscio della carta che si aspettava. Ricordava molto bene che lei gli aveva detto che stava portando una busta con le istruzioni.

Aprì la valigia, che sembrava completamente vuota.

Digrignò i denti, grugnendo un'imprecazione. Iniziò a tastare la valigia, inutilmente. Era molto semplice e non era possibile pensare a un doppio fondo. Ovviamente da verificare...

Ma in quei momenti era paralizzato, quasi accecato dalla luce, molto più intensa di quella della torcia, che aveva improvvisamente colpito la stanza. Poi sentì chiudersi piano la porta della stanza e una voce disse:

"Non muoverti. ti sto prendendo di mira...

LA SPIA TEDESCA

1

Il Tegeler See, situato a nord-ovest di Berlino, circondato da prati verdi e boschi, appariva sereno, placido, nell'estate del 1942.

Le acque calme e bluastre, calme, quasi immobili, sembravano anche dotate della particolare atmosfera che circondava la città di Berlino, dove tutto indicava che la guerra era stata vinta. La fiducia della gente in questo senso era quasi assoluta.

La superficie del lago presentava i colori gioiosi che prestano le piccole barche a vela, le imbarcazioni da diporto, e alcuni sloop che navigano pigramente. I moli, sulle rive del lago, erano affollati di piccole barche a vela bianca, e di gente che interrompeva la placidità dell'atmosfera con le loro conversazioni un po' timide.

Una donna stava camminando in direzione di uno degli sloop legati al minuscolo molo.

Una donna dai lunghi capelli castano scuro, alta, con la vita stretta e il busto alto. Indossava un maglione rosa chiaro e una gonna leggermente più scura; la gonna, seppur non provocata, le aderiva ai fianchi, mettendo in risalto le forme morbide e sode. Il suo viso, un po' lungo, magro, con gli zigomi leggermente sporgenti, aveva una strana attrattiva, nonostante la piega un po' dura delle labbra rosee della donna. Un paio di occhi azzurri, intelligenti, un po' freddi, distanti, si aggiungevano alla personalità di Gretel Hagen.

Gretel salì con disinvoltura le leggere scale bianche dello sloop e salì sul ponte della barca. Ha alzato lei stessa la scala a bordo. Poi guardò l'uomo che era appoggiato all'albero della nave leggera.

L'uomo sorrise.

"Vogliamo fare una passeggiata, Gretel?"

"Sarà per il meglio, vero?" mormorò la donna.

"Naturalmente. Presto sarà buio, e il Tegeler non si presta mai meglio a confidenze... di qualunque genere.

"Capisco" sorrise Gretel.

Quando Gretel sorrideva, i suoi zigomi si alzavano leggermente e le sue pupille blu perdevano la freddezza, sembrava anche che si stesse avvicinando al suo interlocutore.

L'uomo si spostò a poppa, tenendo la canna. Si sedette su uno sgabello vicino al ponte e fece segno a Gretel che lo sloop, con le vele tese al vento, stava disarmando.

Tutto era naturale lì. Chiunque avesse prestato attenzione a questa strana coppia avrebbe alzato le spalle. Diciamo la strana coppia perché quell'uomo aveva almeno il doppio dell'età di Gretel. Anche questo era comune nella Germania nazista.

Gretel si sedette accanto all'uomo, in silenzio. Lasciò che la brezza le scompigliasse leggermente i capelli e prese un respiro profondo. Quella passeggiata in riva al lago sarebbe stata, dopotutto, un sedativo; una piccola fuga dallo stress che aveva sopportato per circa sei mesi. Sarebbe stata una fuga finché quest'uomo, Horst Anthelme, non avesse detto diversamente.

Alla fine, serenamente, Gretel guardò l'uomo e disse:

«Deve essere qualcosa di importante, Horst.

L'uomo sorrise.

"E pericoloso", ha detto. Ho studiato il tuo fascicolo e ho l'uomo di cui abbiamo bisogno.

"Dov'è?" chiese Gretel.

"A Stoccolma.

Gretel inarcò un sopracciglio, guardando Anthelme.

"Stoccolma? Cosa ci fa uno dei nostri uomini migliori a Stoccolma? La Svezia è neutrale "ha detto". Beh... immagino che debba essere uno dei migliori, visto che l'hai notato.

"Lo è, davvero", disse Anthelme. Un'antinazista arrabbiata, Gretel. E non solo per questo l'ho scelto; altri fattori hanno avuto un ruolo. Ad esempio, è proprio a Stoccolma. Ci tengo a precisare "sorrideva" cosa lo avrebbe scelto anche se fosse stato in Africa, capisci?

"Hai piena fiducia in lui," mormorò Gretel. Chi è?

"Il suo nome è Max Kropelin.

Gretel scosse la testa.

"Non lo conosco personalmente", ha detto.

"No? Beh, lo incontrerai molto presto.

Gretel si irrigidì leggermente. Guardava quest'uomo, sulla cinquantina, quasi calvo, con gli occhiali miopi, di corporatura esile, ma che tuttavia dava una sensazione di integrità, di una certa forza misteriosa.

"Vuoi dire che devo partire per Stoccolma?" chiese la giovane donna.

"Hai capito perfettamente," disse Anthelme con fermezza.

Gretel sospirò.

"Quando?" chiese,

"Potrebbe essere stasera?

"Credo di si.

"Credi?" chiese Anthelme, senza guardare la donna.

"Va bene, sarà stasera.

Anthelme annuì.

"Il percorso sarà Rostock-Copenhagen-Stoccolma", ha detto. Andrai da solo. Non sarai in contatto con nessuno tranne, ovviamente, Max Kropelin. Mi dispiace dovervi mobilitare, ma non posso permettere che la Gestapo distrugga la nostra organizzazione con un passo falso. Ora stiamo iniziando a diventare forti, Gretel. Le informazioni che dobbiamo trasmettere a Max Kropelin mi sono arrivate dal nostro gruppo antinazista a Parigi, il che significa che presto saremo un pericolo per il nazismo.Inoltre, ovviamente, dobbiamo anche combattere contro i nemici della Germania. Quindi stiamo combattendo su due fronti.

«So tutto questo, Horst», disse la ragazza. Di cosa si tratta questa volta?

Anthelme sorrise di nuovo, le lenti dei suoi occhiali lampeggiarono.

"Fai attenzione, Gretel. Immagino tu capisca il pericolo di andare in giro con i documenti. Pertanto, devi affidare tutte le mie istruzioni alla tua memoria ", ha affermato Anthelme.

"Lo so," mormorò Gretel.

Anthelme accese una sigaretta, con mano ferma, lasciando il timone dello sloop nelle mani di Gretel, che era già quasi al centro del lago, quando le prime luci brillarono a Berlino, come occhi strani, nictalope.

Un certo numero di scialuppe circolava intorno al lago, alcune delle quali si dirigevano verso la sponda occidentale per godersi la fresca foresta di Tegelort.

Dopo aver fumato per qualche istante in silenzio, Horst Anthelme iniziò a parlare, senza essere interrotto da Gretel più di un paio di volte. Quindici minuti dopo, la donna ripeteva parola per parola. Le istruzioni di Anthelme, che, sorridendo leggermente, annuì.

"Perfetto", disse allora.

"Ma c'è un punto da chiarire", ha detto Gretel. " Devo andare clandestinamente?

"Sì. Tieni presente che, se chiedessi di lasciare il paese, saresti completamente nella lista della Gestapo. Ti fornivano il passaporto con l'intenzione di sottoporti a sorveglianza.

"È vero. In realtà, la via d'uscita legale è pericolosa quanto quella clandestina. Preferisco quest'ultimo ", ha detto Gretel.

"Ricorda che il rischio più grande per te sarà a Copenaghen. È lì che dovrai mostrare tutta la tua astuzia. Sappiamo perfettamente che la Gestapo è molto più gelosa nei paesi occupati.

"Non preoccuparti per me, Horst", rispose Gretel.

Senza ulteriori indugi, lasciò la panchina che occupava accanto ad Anthelme e si diresse in avanti. Poco dopo indossava un costume da bagno nero, che si adattava perfettamente alle parti che il costume da bagno doveva nascondere, e rivelava la morbida pelle bianca di altre parti del corpo.

Ci fu un leggero tonfo e la ragazza affondò nelle acque del lago, mentre Anthelme, sorridendo, sterzava il timone in tondo in modo che la brezza non portasse via lo sloop.

Vide Gretel riapparire e capì cosa voleva la giovane donna con quello sforzo di nuotare: temperare i suoi nervi, calmare il suo cervello. Era anche possibile che Gretel stesse pensando che non avrebbe mai più potuto fare il bagno in quel lago.

* * *

Quell'uomo, seduto su un comodino di fronte al mare, fumava nervosamente. Più e più volte, il suo cervello registrava le parole scritte su un bigliettino, che qualcuno gli aveva fatto scivolare in tasca la sera prima.

Quel qualcuno poteva essere solo quella donna, con la quale aveva incrociato qualche parola in svedese.

Max Kropelin ricordava tutto perfettamente. Dopo un incontro casuale da parte di quella donna, hanno bevuto un drink insieme. Una donna enigmatica, bella, il cui temperamento, immaginò Max, era molto diverso da quello degli svedesi sbiaditi, che lui amava, poiché un uomo si annoia solo in certi momenti.

Tuttavia, questa donna ha dimostrato, all'ultimo momento, che Max si era sbagliato: lo ha lasciato poco meno che piantato, anche se, sì, sorridente. E le donne che sorridono nei momenti pericolosi tendono ad avere un carattere deciso.

Max Kropelin l'aveva vista lasciare il comodino, sospirando. Un'altra notte da solo.

Più tardi, nel suo appartamento in affitto di fronte ai cantieri navali di Stoccolma, trovò il biglietto. La prima cosa importante che balzò agli occhi di Max fu che era scritto in tedesco: "Ich komme einen morgen wieder". Tuttavia, la donna stava parlando in svedese.

Max stava rimuginando sull'argomento e si sentiva a disagio quando si rese conto che quella donna aveva scoperto la sua vera nazionalità. E probabilmente molte altre cose. Ad ogni modo, l'idea che la bella stesse solo provando un appuntamento più o meno destinato alla preparazione dell'intimità, che tra l'altro deve essere molto piacevole, era già stata respinta da Max.

Per questo, quel tedesco di statura ordinaria, ma forte, con le spalle larghe e la testa teutonica, aspettava con una certa impazienza. La bellezza potrebbe essere una trappola.

Anche con un pensiero così profondo, Max non poté fare a meno di iniziare a scoprire Gretel Hagen, che camminava lentamente, in piedi, verso il tavolo che Max stava occupando sul comodino.

Max, sorridendo per nascondere la sua diffidenza, si alzò, salutando con un cenno del capo.

"Siediti," disse, allora.

Gretel obbedì, sedendosi di fronte a Max.

"Il mio biglietto ti avrà dato un po' di fastidio" disse Gretel direttamente, fissandolo.

"Perché dovrebbe darmi fastidio?" Max sorrise. Al contrario, questa citazione...

"Smettila di scherzare, Max Kropelin" tagliò corto la donna, abbassando la voce e sorridendo, come se avesse detto a Max una certa tenerezza.

Max non si è tirato indietro.

«Conosci anche il mio nome», disse. Qualunque altra cosa?

"Innumerevoli cose" Gretel sorrise di nuovo, anche se i suoi occhi rimasero un po' freddi, fissi su quelli dell'uomo.

"Perché non è stato scoperto ieri sera?" Chiese Max.

"Semplice precauzione. Volevo sapere se qualcuno era stato curioso di me, Kropelin "ha detto Gretel". E volevo scoprire quale effetto stava causando la nota. Tutto il giorno ho camminato per Stoccolma senza accorgermi che mi seguivano. Questo mi rassicura, capisci?

"Certo. Comunque, preferirei parlare in un posto più sicuro... ammesso che tu abbia qualcosa da dirmi.

"Per cosa pensi che ti abbia convocato?" Chiese Gretel seccamente.

"Bene..." Max sorrise, leggermente. Concordare. Ed è vero che il biglietto mi ha procurato qualche grattacapo, poiché presumeva che tu avessi scoperto la mia identità. Sono venuto a temere una trappola.

"Non più?" chiese, con una certa ironia, Gretel.

"Come mai? Ora siamo insieme, giusto?

Gretel sbatté le palpebre. Ricordò ciò che Horst Anthelme gli aveva detto sull'uomo, ben preparato per ogni evenienza. Inoltre, Max non era tipo da sussultare. Solo uno scintillio d'acciaio nelle sue pupille grigio-azzurre mostrava che niente lo avrebbe colto alla sprovvista.

"Andiamo in quel posto più sicuro?" Chiese Gretel, in risposta.

"Concordare. Sarà a casa mia.

Gretel arricciò le labbra, molto sottili.

"Forse qualcuno..." cominciò a protestare, debolmente.

"Non preoccuparti" Max sorrise beffardo. Non è la prima volta che una donna entra in casa mia di notte. Nessuno ne terrà conto. O forse hai paura?

«Non devi essere cinico, Kropelin», disse Gretel. Altrimenti non ho paura. Non è la prima volta che entro di notte in casa di un uomo.

"Ottimo. Cambieremo argomento, "ringhiò Max, un po' sminuito dalla risposta di Gretel." Andiamo?

Ha lasciato una manciata di corone sul tavolo come pagamento per il suo drink. Si alzò, in piedi accanto a Gretel. Si avviarono entrambi lungo la Ostergotland Avenue, ampia, i cui fari fornivano chiazze di luce ai giardini, attraverso i quali passeggiavano molte coppie.

Due minuti dopo, Max e Gretel si sono mescolati a quelle coppie.

2

In maniche di camicia, Max Kropelin, dalla finestra di quella stanza, che dava sui cantieri navali, guardava le lontane luci rossastre che facevano brillare le acque del Baltico, corrispondenti a tante chiatte da pesca.

A sinistra, potresti vedere parte del Lago Malar e alcune delle minuscole isole e penisole su cui si trova Stoccolma, chiamata da alcuni la Venezia del Nord.

Max Kropelin si voltò verso Gretel, che era seduta su un divano, e accese una sigaretta.

"L'ha mandato Horst Anthelme, va bene," disse Max, tirando fuori uno sbuffo di fumo. Perche tu?

"Certe cose possono essere risolte meglio da una donna che da un uomo", ha detto Gretel. " Per esempio, il viaggio da Copenaghen a Malmö, in quei piroscafi di linea, l'ho fatto in una cabina di un uomo. L'ho convinto che stava scappando dalla polizia danese, perché se l'avessi chiamato Gestapo avrebbe potuto rinunciare a essere gentile, Dopotutto, sapevo come tenerlo a bada,

Max sorrise storto. Si sedette accanto a Gretel.

"Ora inizia", ha detto.

"Uno dei nostri agenti a Parigi è riuscito a scoprire una spia sovietica del 'Gilbert Group', un ramo della 'Rote Kapella'. Sappiamo tutti che i sovietici a Parigi si dedicano a comunicare i movimenti delle nostre truppe dall'ovest all'est dell'Europa. Tuttavia, c'è stato uno scambio di informazioni, motivo per cui il nostro agente ha scoperto qualcosa di importante: c'è una rete dedicata al sabotaggio a Stoccolma.

Massimo si accigliò.

"Che tipo di sabotaggio?" chiese.

"Pensavo che avresti scoperto qualcosa", disse Gretel.

"Beh, si sbagliava," ringhiò Max. Sono solo un disertore dell'esercito; un uomo che la Gestapo sta cercando; e, soprattutto, antinazista. È vero che ho svolto alcune missioni, ma mi sono state molto bene esposte dagli

13

informatori. Normalmente, mi dedico solo al controllo del crescente gruppo di antinazisti a Stoccolma, nella speranza che un giorno saremo abbastanza forti da abbattere Hitler. Cioè, chiaro e semplice, ciò che spero,

Gretel si morse il labbro inferiore.

"Va bene," disse. Continuerò, sai che la Germania compra acciaio svedese; un materiale bellico essenziale,

"Lo so" rispose Max.

"Molte navi non hanno raggiunto la Germania", ha detto Gretel. Ciò è stato nascosto dalla Gestapo, temendo una perdita di prestigio nel partito.

"Già..." - mormorò Max.

"Anche alcune di quelle navi sono saltate qui, nel porto di Stoccolma", ha continuato Gretel. " Si tratta, quindi, di smantellare quella rete sovietica. L'acciaio deve raggiungere la Germania; ne abbiamo bisogno per continuare la guerra. Una guerra che può essere vinta dalla Germania, ma mai dalla NSD A P. Se la perdiamo, con un regime interno più umano riusciremo ad ammorbidire la tensione con gli alleati.

Massimo annuì.

"E' chiaro", ha detto. Cos'altro sappiamo di quella rete?

"Un uomo di nome Pavel Yfremov, ha lasciato Parigi, probabilmente via Oslo, con una busta di istruzioni" ha detto Gretel. " Si è deciso di rilasciare Yfremov in modo che, da qui a Stoccolma, possa essere seguito e scoperto l'intera rete. Forse Yfremov sta per arrivare.

Max Kropelin lasciò il divano e fece qualche passo nella stanzetta. La sua ampia fronte si era corrugata, denotando lo sforzo del suo cervello. Gretel pensava che assomigliasse molto poco alla spalla che aveva visto la sera prima, sul tavolo, un tipo un po' spensierato, molto animato dalla prospettiva di una possibile conquista, e con l'aspetto di un qualunque operaio svedese.

Max Kropelin ora sembrava un uomo, pronto a combattere.

"Cos'altro sai di questo Yfremov?" chiese Max all'improvviso, guardando Gretel.

«È un uomo di più di quarant'anni; capelli scuri; qualcosa di grosso, che sembra un mercante di qualsiasi paese, inclusa la Germania.

Max rise seccamente.

"Perfetto. I russi sanno scegliere, "dissero" i loro uomini. Pensi che con queste informazioni abbiamo un'alta probabilità di successo?

Gretel scrollò le spalle.

«Horst ha detto che l'hai fatto.

"Horst Anthelme mi sopravvaluta", ringhiò Max. Ad ogni modo, suppongo che non ci sia alternativa che cercare Yfremov. È un pezzo troppo prezioso per discuterne. Dici che stai per arrivare?

"Sì.

"Non c'è la possibilità che sia arrivato?

"C'è una possibilità, ovviamente", ha detto Gretel.

Senza ulteriori indugi, voltando le spalle a quella donna, Max Kropelin si avvicinò al telefono, che si trovava su un tavolino in un angolo della stanza. Velocemente, mentre aspirava il fumo di sigaretta, compose un numero.

Attese con impazienza per alcuni istanti. Quando si accorse che stavano riprendendo dall'altra parte, chiese:

"Kurbjuhn?

"Mezzo Kurbjuhn. L'altro medium è rimasto in Germania "ha risposto a una voce." Quando torniamo, Max?

"Ascolta," ringhiò Max, ignorando quella domanda"; Che ne dici di una passeggiata fino a casa mia?

"Ora?

"Perché no?" ringhiò Max.

"Beh... Comunque, volevo parlarti di una cosa. massimo coglierò l'occasione. Che tipo di bevanda hai?

"Non bevo," brontolò Max. Sai, questo è lasciato ai nazisti.

C'è stata una risatina dall'altra parte del thread.

"Sempre così amaro, Max", disse Kurbjuhn.

"Non tardare", disse Max.

«Non riattaccare!» gridò Kurbjuhn.

"Cosa succede adesso?" Chiese Max.

"Poche ore fa un ragazzo che si è iscritto come Jean Maurvalier è arrivato all'hotel « Malnihöus », dove lavoro; Nome francese, come puoi vedere, è, quindi, un potenziale nemico. Ho cercato di essere io a portare il tuo bagaglio, una semplice valigia, in camera tua. Questo non era molto buono e, con l'orecchio alla porta, ho sentito qualcosa che potrebbe essere interessante: il ragazzo ha borbottato alghe, in russo. Che ne dite di? La cosa brutta è che il mio turno era finito e dovevo andare a casa,

Max si leccò le labbra e guardò Gretel, che lo osservava, immobile, silenziosa,

"Com'era quell'uomo, Kurbjuhn?", chiese Max.

"Beh... È facile da descrivere: piccolo, tarchiato, con quella sicurezza di un ricco mercante, abituato a viaggiare. Sembra poco più di quarant'anni ", ha risposto Kurbjuhn,

Max fece un respiro profondo.

"Perfetto" ringhiò. Ti aspetto tra quindici minuti.

Riappese il telefono e fece qualche passo verso Gretel. La fissò in silenzio per qualche secondo, senza, naturalmente, trascurare le sue ginocchia ben curve e bianchissime.

"Potremmo aver ottenuto qualcosa", ha detto. Un colpo di fortuna, naturalmente. Comunque, speriamo che Kurbjuhn arrivi.

Max si sedette sul divano accanto a Gretel e chiuse brevemente gli occhi. Un accenno di sorriso le incurvò le labbra. Era con una bella donna, sì. È vero che le donne riferiscono solo complicazioni. Non c'era nessun appuntamento d'amore lì. In realtà, non c'era nemmeno una donna in quanto tale; Gretel era l'alleata. Inoltre Max si era decisamente sbagliato su di lei: era un vero iceberg.

Era molto difficile vedere quel viso bianco, magro, ma attraente, esotico, con quasi metà del lato del viso nascosto dai capelli scuri.

"Puoi andare, Gretel," disse infine Max. O non ha adempiuto alla sua missione?

La donna fissò Max.

"Non è vero che la prima impressione è buona" disse, sconcertando un po' Max,

"Cosa vuoi dire?" chiese il tedesco.

«All'inizio avevo paura che Horst si sbagliasse su di te. Tuttavia, ora può pensare solo al suo lavoro.

Massimo scrollò le spalle.

"Non so quanto mi renderei ridicolo riprovare a spingere le cose su un terreno più... intimo," ringhiò Max.

"Provalo.

Max la guardò negli occhi; Gretel rimase immobile, la schiena eretta, dando un'aria nuova, diversa a quella stanza dell'appartamento da scapolo di Max Kropelin; dandogli un'aria di enigma, di avventura che valeva la pena assaporare.

Max si avvicinò a lei e posò le mani sulle spalle della donna. Poi avvicinò le sue labbra a quelle di Gretel. La reazione della donna, una volta che le loro labbra si furono incontrate, non lo sorprese affatto. Lo sentiva vibrare. Poi, mentre le mani di Gretel si posavano dolcemente sulla nuca di Max, le sue lunghe braccia muscolose le circondavano dolcemente la schiena.

Fu un bacio lungo e intenso.

Quando ha rilasciato Gretel, Max ha detto:

«Così va meglio, Gretel. Mi hai disorientato ancora una volta: l'ultima.

«Ci conosceremo un po' meglio, Max. Ho pensato che ne valesse la pena ", sorrise Gretel, mentre tendeva la mano, liberando la fronte del tedesco da una ciocca di capelli biondi.

"Potresti essere deluso," mormorò Max.

Gretel guardò Max negli occhi. Vide virilità, forza, energia contenuta. Anche un po' di amarezza.

"No," sussurrò Gretel.

"È facile sbagliare nelle nostre circostanze. "Ha detto Massimo." Comunque non hai risposto alla mia domanda. Sei finito qui a Stoccolma?

"Sì.

"In tal caso devi tornare in Germania," disse Max.

"No, Massimo.

"Hai paura di tornare indietro?" chiese il tedesco.

"Non è quello. Diciamo che ho trovato qualcosa che cercavo "ha risposto, serenamente, Gretel". Non puoi evitare un certo egoismo in nessuna circostanza, Max. Da qui posso essere utile anche in Germania... con meno rischi; Non devo negarlo. E Horst starà bene senza di me.

Max sentì un leggero vuoto nello stomaco. Stava per rispondere quando le labbra di Gretel premette contro le sue. Certamente le donne hanno mezzi molto convincenti per ottenere qualsiasi cosa.

In quei momenti, un debole bussare alla porta dell'appartamento.

Max si staccò da Gretel e si avvicinò alla sua giacca, brandendo una pistola che estrasse da una tasca interna. Andò alla porta.

Rimase un po' indeciso, poiché percepiva, abbastanza chiaramente, il respiro pesante dell'uomo che insisteva per chiamare.

Decise infine di aprirlo, facendosi da parte mentre tirava la lama di legno. Sussultò bruscamente quando l'uomo che vi era appoggiato si spalancò mentre la porta si apriva, riempiendola, quasi immediatamente, di sangue.

Max ha reagito rapidamente, chiudendo la porta. Poi, avidamente, si sporse accanto all'uomo, voltandogli il viso. Vide un viso livido che sembrava segnato dalla morte.

"Kurbjuhn," mormorò Max.

L'uomo aprì la bocca, ma riuscì solo a far uscire una boccata di sangue, che gli inzuppò il davanti della camicia e la cravatta scura. Gli occhi di Kurbjuhn si contorcevano selvaggiamente nelle orbite e le vene del suo collo si gonfiavano, forse facendo uno sforzo per dire qualcosa. Lo ha fatto in un modo quasi incomprensibile.

"Loro... mi hanno seguito, Max...

"La Gestapo?" chiese Max, velocemente, notando che minuscole gocce di sudore freddo gli erano nate sulla fronte,

"Nerd...

"Jean Maurvalier?

"Tu... sospetto... sì...

"Fino a qui?" chiese Max.

Kurbjuhn scosse la testa, senza fiato. Era madido di sudore, e ciocche di capelli grigi erano appiccicati alla sua fronte, molto freddi, marmorizzati. Sembrava che, all'improvviso, i suoi occhi fossero affondati nelle orbite.

"Non credo... potrei... potrei buttarli via, Max..." balbettò.

"Più di uno?" Chiese Max.

Kurbjuhn annuì.

Poi, all'improvviso, il collo sembrò spezzarsi, e la testa dell'uomo pendeva a destra, floscia, senza forza, senza alcun coraggio per sostenerla. Lentamente Max abbassò il corpo a terra, mordendosi furiosamente il labbro inferiore.

Di chi era la colpa di quella morte? Kurbjuhn non era sempre stato un uomo onesto, pacifico, traboccante di umanità?

Quando Gretel raggiunse Max, vide che i pugni di Max erano serrati; spasmi del viso; l'ampia fronte luccicante di sudore. Quando Max guardò Gretel, lei stava per indietreggiare, sorpresa dall'espressione nelle pupille grigio-azzurre di Max.

"Torna al tuo albergo, Gretel" disse seccamente.

"Come vuoi, Massimo...

"Aspetta!" ringhiò Max. Puoi fare meglio. Non posso lasciare il cadavere di Kurbjuhn qui a tempo indeterminato. Ho bisogno che tu noleggi un'auto e la parcheggi proprio davanti all'ingresso di questo edificio. Hai capito?

"Certo.

***

Sopportando il peso del cadavere, Max attese il segnale di Gretel che poteva vedere perfettamente all'interno dell'auto, parcheggiata secondo le istruzioni di Max. Quando Gretel ha fatto il cartello, significava che in quel momento non c'era nessuno per strada.

Max, riprendendo le forze, quasi corse in direzione dell'auto, mentre la donna apriva la portiera in corrispondenza dei sedili posteriori. Lì, comunque, e mormorando un "Mi dispiace, Kurbjuhn", Max depose il corpo del suo compagno. Poi, in fretta, quando il motore dell'auto da esportazione tedesca russava, Max salì in macchina, accanto a Gretel, sbattendo la portiera.

Gretel, al volante, domandò:

"E adesso, Massimo?

"Cerca un posto solitario in riva al mare", rispose Max.

L'auto partì a buona velocità, diretta a est della città, dove qualsiasi posto sarebbe buono per far sparire un cadavere.

"Non possiamo rischiare che la polizia svedese lo trovi e faccia indagini", ha spiegato Max. Corriamo anche il rischio che la notizia giunga alle orecchie, cosa molto facile, anche dai giornali, degli agenti della Gestapo a Stoccolma. Sarebbe come metterli sulle tracce del nostro gruppo antinazista.

"È facile da capire", ha detto Gretel.

Pochi minuti dopo, la ragazza fermò l'auto vicino a una scogliera solitaria. Max scese e prese il corpo di Kurbjuhn. L'ha portato fino al mare. Sarebbe stato difficile riprendersi, perché la cosa più facile era che rimanesse tra le rocce. In ogni caso, avrebbero impiegato molto tempo per scoprirlo, dato che questo non era un luogo adatto per nuotare; quanto alle chiatte da pesca, non si avvicinavano mai agli scogli.

Max tornò in macchina.

Si appoggiò allo schienale del sedile accanto a Gretel, senza dire una parola. La donna prese l'indirizzo di Stoccolma senza previa consultazione e decise di rispettare il silenzio di Max.

Il tedesco accese una sigaretta e fumò, lo sguardo assente.

"Kurbjuhn è stato colui che mi ha teso la mano quando, dopo la mia diserzione, sono riuscito a raggiungere la Svizzera", sussurrò finalmente Max. Era lì allora e insieme ci siamo trasferiti al nord per fare il nostro lavoro. Kurbjuhn diceva sempre che aveva lasciato la Germania e che un giorno sarebbe tornato. Uno in più che non ce la farà.

Gretel, senza guardare l'uomo, chiese:

«Perché la diserzione della Wehrmacht, Max?

"Perché?" Ripeté, con uno strano sorriso, Max. Si spiega in poche parole: non poteva sopportare gli omicidi delle SS e degli "Einsatzgruppen"; hanno raso al suolo ciò che l'esercito ha lasciato in piedi. Vale a dire: donne e bambini. Qualsiasi contadino era, per loro, il più pericoloso dei guerriglieri. Ho visto migliaia di persone morire, in massa, in pochi minuti. Ebrei... E allora? Non so nemmeno quanto sia umano il dottor Becker. Mi riferisco ad un comandante delle SS, uno scienziato, che ha fatto la grande scoperta dei camion "S"...

Gretel rabbrividì alla risata secca, palesemente falsa di Max Kropelin.

"I camion con la 'S'..." ripeté Max. Non potrò mai dimenticarlo! Mai! Sono passati più di dieci mesi da quando ho visto l'ultimo e non sono ancora riuscito a chiudere gli occhi senza vedere lo spettacolo... I camion "S"...

I camion "S" erano veicoli chiusi e costruiti in modo tale che all'accensione del motore i gas penetrassero all'interno del cassone, provocando la morte, in un tempo di dieci o quindici minuti, dei prigionieri. Donne e bambini viaggiavano in questa classe di camion, e questo tipo di morte è stato ideato per rendere più sopportabili le esecuzioni di massa per le SS, poiché molti di loro erano sposati, con figli, e si sono sollevate proteste per la morte. alla "tortura morale" di sparare a donne e bambini, che venivano ingannati, assicurandoli che sarebbero andati in un campo di concentramento. Come si vede, l'idea tendeva solo a favorire i carnefici, poiché in questo modo venivano sollevati dall'affrontare le armi contro gruppi indifesi. Successivamente, alcuni conducenti dei camion "S" si sono lamentati,

"Mi dispiace di avertelo detto, Max," mormorò Gretel.

"Non preoccuparti," disse seccamente il tedesco. Oltre a questo non posso dimenticarlo, anche io non voglio che accada. Almeno finché il partito nazista possiede la Germania. Sapevi che ero a Rovno, in ospedale, con una ferita lieve, quando è avvenuta l'irruzione in un caseggiato di uomini vuoti? Al massimo c'erano cinquanta o sessanta anziani. Li ho visti trascinare i cadaveri dei loro nipoti... La risposta concreta al motivo della mia diserzione è: non voglio essere un mostro, Gretel.

"Capisco, Max" sussurrò la ragazza, rivolgendo uno sguardo fugace all'uomo, il cui volto era ancora tirato e sudato.

Max cercò di ricomporsi e disse:

«A Hotagen Street, Gretel. C'è l'albergo dove lavorava Kurbjuhn.

Gretel non fece domande. In realtà, quella reazione di Max aveva sospettato di lei.

"Hai intenzione di prendere qualcosa? -" è l'unica cosa che ha chiesto.

"Jean Maurvalier resta lì; Sospetto che sia lo stesso Yfremov, e non è estraneo all'omicidio di Kurbjuhn.

Non parlavano più; l'auto scivolò lungo i viali e i ponti che collegano le piccole isole, verso Hotagen Street, situata vicino al comodino dove Max e la ragazza si erano conosciuti, e dove Max aveva incontrato più volte Kurbjuhn.

Max aveva acceso un'altra sigaretta e si sentiva più calmo mentre si avvicinava all'albergo. Il tedesco sapeva benissimo che un cedimento dei suoi nervi poteva costargli la vita, e forse qualcos'altro poiché aveva sempre in mente una cosa: stava combattendo anche contro la Gestapo. Più di una volta Max si chiese quale fosse il suo peggior nemico.

"Stiamo arrivando, Gretel, rallenta adesso," ordinò Max, a due isolati dall'hotel.

Gretel obbedì, accostando la macchina al marciapiede, sola a quell'ora della notte. C'erano alcune luci che tremolavano, dando un bagliore alla strada buia.

La ragazza guardò Max e chiese:

"Pensi che potrei aiutarti, Max?

"Devi sparire" ringhiò il tedesco. E se eliminassero anche me?

"Beh... la rete sovietica sarebbe ancora intatta...

"Finché ti succede qualcosa, Gretel" tagliò corto Max. " Se cado ce ne sono altri a Stoccolma, ricordati questo nome: Oto Giessemann; e il suo indirizzo: Lüdvika, 33. E ricorda anche che devi prenderti cura di te stesso.

"Sì, Massimo.

Max stava per lasciare l'auto, ma si fermò un attimo, guardando le labbra di Gretel, che aveva mosso il viso in avanti e cercava lo sguardo di Max.

Il tedesco si chinò e appoggiò le labbra su quelle di Gretel. Poco dopo, senza dire una parola, si allontanava in direzione dell'albergo, lasciando la donna con un'espressione seria, serena, ma con un leggero movimento nel petto.

3

Max Kropelin entrò nell'albergo. Il "Malnihöus" era di second'ordine, di basso profilo, ma pulito e con un servizio accettabile. L'edificio era alto tre piani, massiccio, decorato, antico.

C'erano pochissime persone nella hall al momento e non prestavano attenzione a nessuno. Max si è diretto, verso il banco della reception, dietro il quale c'era un giovane con i capelli biondi ossigenati,

"Camera per stanotte," disse Max.

Il biondo lanciò un'occhiata discreta verso casa di Max, senza dubbio cercando il bagaglio.

Max sorridendo, ha chiarito:

"Non ho bagagli. Pagherò il mio alloggio in anticipo, naturalmente.

Il giovane annuì e aprì il libretto, che era un modo come un altro per chiedere documenti d'identità, Max sfregò un cartellino, fornito dallo stesso Horst Anthelme, su cui si leggeva: Rhudy Carlsen, di trentadue anni, da Malmo.

L'unica certezza di quei dati era l'età.

Mentre l'addetto alla reception annotava i dettagli nel registro, Max fece scivolare il suo sguardo penetrante sugli altri nomi registrati nel volume, trovando presto quello di Jean Maurvalier. Secondo piano, stanza 27.

Poco dopo, Max era solo nella stanza 38, all'ultimo piano.

Accese una sigaretta e si avvicinò all'ampia finestra, sbirciando fuori. Sospirò, deluso. Da lì sarebbe impossibile raggiungere l'appartamento di Maurvalier o Yfremov. Pertanto, dovresti usare un metodo molto più diretto: presentarti attraverso la porta della stanza.

Gli ci volle qualche minuto per decidere, pensando che Maurvalier probabilmente non era nella sua stanza. Forse stavano ancora cercando Kurbjuhn. Questo, ovviamente, potrebbe facilitare il suo lavoro, dal momento che potrebbe fare una perquisizione approfondita del bagaglio del russo.

24

Uscì dalla sua stanza e scese le scale senza il minimo inciampo. Il numero 27, appiccicato alla porta di quella stanza, si stagliava davanti ai suoi occhi.

Max tastò la pistola e aspettò qualche secondo, ascoltando i passi.

Poco dopo, stava rapidamente manipolando la serratura. Quando la sua fronte cominciò a gocciolare di sudore, si udì un suono metallico soffocato. Max spinse la lama ed entrò rapidamente nella stanza. Chiuse la porta e prese una torcia dalla tasca.

Una rapida passeggiata nel raggio di luce lo convinse che la stanza era vuota.

Si avvicinò a un armadio attaccato alla parete destra e aprì la porta. Un abito appeso e una valigia apparvero davanti ai suoi occhi. Toccò il vestito senza sentire il fruscio della carta che si aspettava. Ricordava benissimo che Gretel gli aveva detto che Yfremov portava una busta con le istruzioni.

Aprì la valigia, che sembrava completamente vuota.

Max strinse i denti, grugnendo un'imprecazione. Iniziò a tastare la valigia, inutilmente. Era molto semplice e non era possibile pensare a un doppio fondo. Ovviamente da verificare...

In quei momenti Max era paralizzato, quasi accecato dalla luce, molto più intensa di quella della torcia, che si era fatta improvvisamente nella stanza. Poi udì la porta della stanza chiudersi silenziosamente e una voce:

"Non muoverti. Ti sto prendendo di mira.

Max rimase immobile, teso, attento a quel clic che si avvicinava a lui. Una donna. Una donna con uno strano accento straniero e una voce un po' roca, spessa, suggestiva, ma anche aspra.

Cosa stavi cercando qui? Chi sei? "Chiese la donna.

Max si voltò con un sorriso. Uno sguardo di stupore balenò nei suoi occhi quando vide la donna.

Era alta, con un corpo ondeggiante, stretta da un vestito scuro, anche se non era scuro come i suoi capelli, nerissimi, lucenti, lunghissimi. Gli occhi della donna, anch'essi neri, erano obliqui e puntati leggermente verso l'alto, il che dava l'impressione che alcuni antenati della donna fossero asiatici; Mongolo, forse.

La sua bocca era rossa, un po' grande; le labbra erano serrate ora.

"Beh..." iniziò Max. Mi chiamo Rhudy Carlsen e sono stato informato del portfolio del signor Maurvalier. Ho pensato che valesse la pena provare il cambio di tasca per alcune bollette. Abbiamo dei brutti momenti, lo sai.

La donna era impassibile; nessun gesto; teneva ancora saldamente in mano una pistola.

«Non sembri un borseggiatore d'albergo, Carlsen», disse con quella voce profonda e profonda.

«Grazie, signora», disse. La verità è che non lo sono sempre stato. Ma di fronte alla fame...

"Stai zitto!

Massimo scrollò le spalle.

"Va bene," grugnì. Chiama la polizia.

La donna sbatté le palpebre, cosa che provocò una risata beffarda di Max.

"O non ti interessa l'intervento della polizia? "Domandò il tedesco-". Sei russo, vero?

La donna sembrava a disagio; Lo mostrò con un leggero movimento della mano a pistola, ma non rispose alla domanda di Max. Appena detto:

"Farò di meglio che chiamare la polizia. Volta le spalle.

Max si voltò, lentamente; ma con tutti i sensi tesi, aspettando la sua occasione. Ciò è avvenuto quando la donna ha fatto due passi in avanti e ha alzato il braccio armato.

Max si voltò ferocemente, senza più traccia di sorriso, e riuscì a schivare per metà il colpo; Se lo infilò nella spalla, ma il dolore, molto sopportabile, non impedì alla donna di spalancare improvvisamente la bocca e di fare uno sforzo per non emettere un urlo di dolore, quando le dita di Max le strinsero il braccio. .

Il tedesco la lasciò bruscamente e le strappò di mano la pistola. La seconda azione di Max fu quella di schiaffeggiare violentemente la donna, e lei fece diversi passi indietro, finché non inciampò sul letto.

Rimase lì, ansimante, furiosa, davanti a Max, che aveva estratto la sua pistola e stava avanzando verso la donna.

«Dov'è Yfremov?» chiese seccamente.

La donna, che si stava calmando, disse solo:

"Yfremov?

Max sorrise freddamente. Si avvicinò alla russa, afferrandola per i capelli; Si tirò indietro costringendo la donna ad alzare il viso in alto.

"Pensi che mi dispiacerebbe ucciderla?" sussurrò Max. Non ignorate che nel tipo di lotta che abbiamo scelto non ci sono concessioni.

«Spara», disse laconicamente la donna.

Massimo rise.

"No. Non qui, almeno ", ha detto. Eri tu il link che dovrebbe ricevere Yfremov? Sei stato tu a scoprire Kurbjuhn?

"Sì.

Massimo annuì.

"Kurbjuhn è morto", ha detto. Lo sapevo?

"L'ho immaginato. Vedo che hai avuto tempo per comunicare con qualcuno.

"Forse un po' in ritardo... per lui, ovviamente" ringhiò Max. Ad ogni modo, sappiamo che la vita di un uomo ha poca importanza oggi. Né una donna ha più o meno importanza.

"Ci tengo al mio" disse la donna.

"Capisco. Vuol dire che è disposta a parlare? - " chiese Max.

"Sì.

Il tedesco sospirò.

"Perfetto. Mettiti comodo ", disse, lasciando andare i suoi capelli.

La russa, molto serena, capì mettendosi a suo agio il fatto di posizionarsi in modo che Max potesse contemplare la forma delle sue ginocchia, cosa che, per un attimo, fece ricordare Gretel alla tedesca. Il russo, ovviamente, non aveva nulla da invidiare a Gretel. Si era seduta sul letto, accavallando le gambe, così che Max, per guardarla in faccia, voltò le spalle alla porta della camera da letto: "Non lo faccio per soldi", iniziò la donna". Sono riuscito a scappare da un campo di concentramento. Non potevo tornare in Russia né osavo restare nell'Europa dell'Est. La mia soluzione era in un paese neutrale: la Svezia. Mi ci è voluto molto tempo per arrivare a Stoccolma ", ha detto, chinando il capo, come imbarazzata da qualcosa che era stata costretta a fare.

Max non si è tirato indietro. Il russo stava palesemente mentendo; di questo era totalmente convinto. Quella donna era una spia professionista,

"Vai avanti", disse Max.

"-Una volta a Stoccolma, ho ricevuto la visita di un uomo che mi ha suggerito di agire in piccole missioni di collegamento senza importanza, ma che mi avrebbero permesso di vivere con una certa facilità e, inoltre, con la soddisfazione di chi sa che è utile,

"Chi è quell'uomo?" Chiese Max.

"Non lo so. Non si sono fidati molto di me. Ricevo ordini nei posti più impensati e quando comincio a credere che mi abbiano dimenticato. Questa volta ho ricevuto l'ordine di aspettare Yfremov in questo hotel e fungere da collegamento per raggiungerli. L'ho appena fatto. Il resto della mia missione è aspettare che mi venga ordinato di cambiare residenza, come in ogni altra occasione. Ti ho sentito forzare la serratura e sono intervenuto stupidamente. Questo è tutto, grosso modo.

"Come ti chiami?" Chiese Max.

"Sonia Yourskof.

«Non sapevi neanche tu della missione di Yfremov?
"No.
Massimo rise.

"Finalmente; Credi che io abbia ingoiato una sola delle tue parole?" chiese, smettendo di ridere e avvicinandosi furiosamente a Sonia. Ad esempio: per mettere Yfremov in contatto con gli altri, cosa ha fatto?

La russa strinse leggermente le labbra.

"Va bene" disse Massimo. Andiamo.

"Dove?

"Con Me. A casa mia. È molto più discreto di un hotel. Dai ", ringhiò Max.

Sonia abbandonò la sua postura inutile e si alzò. Senza dire una parola si avviò verso la porta della camera da letto, seguita dal tedesco furioso.

La donna aprì la porta e uscì nel corridoio. Quando Max stava per fare lo stesso, fu dolorosamente sorpreso da un colpo dalla canna di una pistola alle dita della sua mano destra. La sua pistola rimbalzò sul pavimento e un piede la colpì

Poi, quando Max non era ancora riuscito a reagire, un pugno lo colpì allo stomaco costringendolo a piegarsi, dolorante, stordito. Un colpo alla fronte lo fece ricadere indietro.

In una fitta nebbia, vide l'uomo che, dopo essere entrato nella stanza, stava chiudendo la porta.

Entrambi erano rimasti lì soli, mentre Sonia era scomparsa.

"Gestapo? "Il ragazzo mormorò,

"No.

"Oh... uno di quegli infelici antinazisti" sorrise quell'uomo, grassoccio, un po' calvo e quasi bonario. " Ti manca l'organizzazione o, il che è lo stesso, la forza. Come sei riuscita a scoprirmi a Parigi?

"Potremmo non essere così deboli come pensi, Yfremov", disse Max, che si stava riprendendo dai colpi.

"Comunque, ragazzi, state combattendo per qualcosa che odio, capito?" borbottò il russo, il viso contratto, che assunse una durezza insospettata.

"Non è vero," ringhiò Max. Il comunismo prospera su ragazzi come te. Non si tratta di odio, ma di sistema.

Yfremov rise di nuovo.

"Non ne discuteremo ora", ha detto. Apri la finestra.

Massimo si accigliò. Fissò la pistola che l'agente sovietico impugnava. Ottimo. Apri la finestra.

Quando l'aria fresca e umida entrò nella stanza, Max fece un respiro profondo. Improvvisamente, si bloccò, rendendosi conto di cosa stesse combinando Yfremov. I suoi pori si aprirono, lasciando gocciolare grosse gocce di sudore che sembravano congelarsi sul corpo del tedesco.

"Salta", ordinò seccamente il russo. Con un po' di fortuna si può salvare.

Era una possibilità su mille, e Yfremov lo sapeva perfettamente. Da qui il suo tono leggermente ironico.

"C'è qualcun altro al piano di sotto?" Chiese Max, cercando disperatamente di prendere tempo.

"Certo.

"Comprendere. Mi finiranno con due colpi alla nuca e faranno sparire velocemente il mio corpo" ha detto Max.

"Sei intelligente", sorrise Yfremov. Salto?

Max fece un respiro profondo. Calcolò rapidamente le sue possibilità di uscire da questa situazione. Ha subito escluso la capriola in strada. Tuttavia, un proiettile, se riusciva a sconcertare Yfremov, poteva essere solo lieve. In ogni caso, avrebbe combattuto.

Il tedesco tese i muscoli e piegò leggermente le gambe. Salterei, sì, ma...

Contro quello che si aspettava, Yfremov non ha sparato. Sembrava che il russo si aspettasse quella reazione, dal momento che si è fatto rapidamente da parte, mentre tirava il piede destro contro il mento di Max. Yfremov è stato però sorpreso dalla violenza di Max, che è riuscito anche a deviare il colpo, afferrando con entrambe le mani il piede del russo.

Max fece una risata silenziosa che fece rizzare i capelli del suo nemico, che non poté fare a meno di perdere l'equilibrio e cadere all'indietro. Dopo che il corpo ha toccato terra, ne è risuonato un altro, leggermente acuto, ed è stata la corona di Yfremov a terra a seguito di un pugno selvaggio sferrato da Max al naso pieno.

Il tedesco si mise a sedere, cercando a terra la pistola. Tuttavia, quando allungò la mano, le sue dita rimasero bloccate a terra, schiacciate dal piede del russo, che stava cominciando ad alzarsi.

Max, a denti stretti, diede una gomitata furibonda allo stomaco del russo, che emise un gemito rauco e cadde su un fianco.

Tuttavia, sembrò rimbalzare sorprendendo Max, che non riusciva a credere che quell'omino potesse mostrare tanta energia.

Quando si ricordò che si trattava di un agente sovietico, aveva già ricevuto un pugno al petto e un altro al mento, che lo costrinsero a tornare alla finestra, facendosi inquadrare in essa.

Yfremov balzò verso di lui, allungando entrambe le mani e afferrando il collo del tedesco.

I sussulti cominciarono a fluire. Il sudore colava sui volti di entrambi gli uomini in strisce luminose. Quello di Max stava cominciando a mostrare un colore viola che stava aumentando di tono.

Alla fine, Max riuscì a sollevare il ginocchio destro, spingendolo nel basso ventre di Yfremov. Le sue mani sembravano prendere più forza, come se stesse cercando di mitigare il dolore afferrando qualcosa, ovviamente quel qualcosa era il collo di Max, che ripeté selvaggiamente il colpo,

E si accorse, subito, che poteva respirare quasi normalmente, mentre Yfremov allentava la pressione sulla sua gola.

Ansiosamente, Max deglutì e si sporse in avanti, quasi accovacciato, in modo che la sua testa fosse premuta contro lo stomaco del russo. Di colpo si alzò, sollevando Yfremov, il quale, in un secondo, e al movimento di Max con le braccia, spingendolo all'indietro, attraversò l'infisso della finestra, precipitandosi nel vuoto.

Ci fu un urlo raccapricciante e, pochi secondi dopo, uno shock sordo, costringendo Max a chiudere brevemente gli occhi. Aveva immaginato fugacemente che avrebbe potuto essere lui a mettersi in viaggio.

Senza guardare la strada, corse alla porta della stanza quando fuori cominciarono a risuonare delle voci.

Con la pistola in mano, cercò per un momento Sonia con gli occhi. Inutile. Sonia era scomparsa e lui non aveva molto tempo da perdere lì.

Velocemente salì al terzo piano e si intrufolò nella sua stanza. Senza accendere la luce, guardò giù dalla finestra e vide uno strano spettacolo.

Due uomini armati si erano precipitati verso Yfremov. Dopo una breve esitazione, uno di loro ha caricato il corpo, correndo verso un'auto parcheggiata a poca distanza dalla porta dell'hotel, mentre l'altro, indietreggiando anche lui, ha tenuto a bada con la pistola le persone che cominciavano ad arrivare e un impiegato. dell'albergo che era apparso alla porta.

Solo pochi secondi dopo un motore russava e l'auto sfrecciava a una velocità impressionante.

Max, furioso, strinse i pugni.

E la maledetta Sonia?

Ebbene... Sembrerebbe. L'importante in quei momenti era lasciare l'albergo indisturbato. La polizia svedese sarebbe arrivata e avrebbe voluto sapere molto sugli ospiti.

4

La cosa più semplice era passare dal tetto dell'albergo a quello dell'edificio attiguo. Max scese le scale e raggiunse la strada, scomparendo da quei contorni.

Camminò velocemente, anche se non abbastanza per attirare l'attenzione, finché non trovò un bar. Un minuto dopo era all'interno della cabina telefonica in attesa di una risposta alla sua chiamata.

"Dimmi," risuonò una voce.

"Ti aspetto a casa mia, Otto" ringhiò Max. " Esci subito.

"Cosa c'è che non va, Max?" chiese l'altro.

"È un po' lungo da spiegare. Questo è qualcosa di importante; qualcosa che ne vale davvero la pena.

"Bene sono contento. Era ora che fossimo bravi a fare qualcosa di più che curiosare stupidamente in giro o sgattaiolare continuamente fuori dalla Gestapo. Ci vado, Max.

Riattaccarono, Max uscì in strada e io mi misi a camminare pensando furiosamente alla sua sfortuna. Yfremov era scomparso, proprio come Sonia, il che complicava le cose o, quanto meno, ritardava il momento di lavorare seriamente contro la rete di sabotaggi sovietici.

Quanto alla busta con le istruzioni, era già stupido pensarci, visto che Yfremov era riuscito a consegnarla ai suoi compagni.

Max attraversò strade quasi deserte fino a raggiungere i cantieri navali, da dove si vedevano le finestre di casa sua. Aveva fretta di scoprire se gli uomini che avevano inseguito Kurbjuhn erano arrivati lì o se ne avevano perso le tracce, come sembrava a prima vista.

Poi sorrise leggermente, ricordando la corsa che i russi avevano fatto per salvare il corpo di Yfremov. In realtà, quel tipo di lotta, sorda, oscura, conteneva tutti i tipi di pericoli, a cominciare dall'impazzire per la paura.

Tre minuti dopo, Max era davanti alla sua porta. Aprì e accese la luce.

Ha sentito subito un sospiro di sollievo e ha visto l'uomo con la pistola.

"Cominciavo a preoccuparmi, Max," ringhiò Otto Giessemann. Pensavo mi avessi chiamato da qui.

Senza rispondere, Max guardò in fondo al corridoio e poi entrò nelle stanze interne, controllando che nulla fosse stato toccato. Ciò significava che i russi non erano stati in grado di seguire Kurbjuhn lì, il che era un sollievo.

Quando arrivò in soggiorno, Max accese una sigaretta e Otto esplose:

"Ma che diavolo sta succedendo?" chiese.

Max lo fissò e ringhiò:

Siediti, Otto.

Giessemann obbedì. Questo era un uomo alto e massiccio con muscoli imponenti e un cervello scaltro. La sua testa era quasi quadrata, bionda; capelli corti, con qualche ingrigimento precoce, dato che Otto aveva più o meno l'età di Max.

Max, facendo brevi passeggiate per la stanza, ha spiegato cosa era successo da quando erano arrivati a casa sua quella notte accompagnati da Gretel, finendo quando ha visto fuggire l'auto che trasportava Yfremov sballato.

"Kurbjuhn...-" sussurrò Otto. Non ci posso credere, Massimo.

"Smettila di scherzare," ringhiò Max. Come puoi vedere, abbiamo perso la possibilità di finire prima, poiché Yfremov è morto senza che io potessi fargli sciogliere la lingua. Pertanto, abbiamo solo un indizio da seguire e non sarà facile: Sonia.

"Sprecheremo un sacco di tempo", brontolò Otto. Invece di queste persone, terrei Sonia in una teca fino a quando non sarà compiuto il sabotaggio che stanno preparando.

"Puoi fare di più", disse Max. Ad esempio: scopri quali navi stanno andando in Germania con un carico di acciaio, capito? Se possediamo l'elenco di quelle navi, è probabile che saremo in grado di impedire che vengano sabotate. Ovviamente dovremo mobilitare molti dei nostri uomini.

Otto annuì.

"Che sistema usano per far volare le navi? Ha chiesto.

"Non lo so!" ringhiò Max.

Otto sospirò leggermente e si alzò.

"Va bene, Massimo. Stanotte ci muoviamo. Mi chiedo se questo servirà a qualcosa in relazione alla guerra, voglio dire se la aiuterà a finire prima", ha detto.

"Chi lo sa?

"Questo è il peggio: l'incertezza", borbottò Otto. " Darei qualsiasi cosa per poter tornare domani. Ho vissuto molto bene nella mia fattoria, davvero. Lo sapevi che prima che mi trasferissi sul fronte russo, abbiamo ricevuto come domestica una bellissima ragazza polacca, Max?

Max sorrise leggermente.

"Lo hai spiegato tante volte, Otto" disse "; Ha gli occhi più grandi che tu abbia mai visto ed è forte, dolce e sottomessa. L'avresti sposata ad occhi chiusi e hai giurato a tuo fratello che l'avresti ucciso se le fosse successo qualcosa.

Gli occhi di Otto, molto chiari, lampeggiarono.

"Esatto", ringhiò. Restituirò alla ragazza ciò che ha perso. Non mi piace la schiavitù, Max.

Max serrò le mascelle.

"Va bene," disse. Torneremo un giorno, Otto. Nel frattempo, dobbiamo continuare a combattere. Questa è una buona opportunità per convincere gli antinazisti nascosti che possiamo fare qualcosa, purché ci uniamo.

"Con questo intendi uscire di qui e metterti al lavoro, giusto?" ringhiò Otto.

"Esattamente.

I due uomini si avviarono verso la porta dell'appartamento. Si fermarono all'improvviso, sentendo un rumore di passi che si avvicinavano alla porta,

La reazione di Max è stata immediata. Fece cenno a Otto di nascondersi e spense la luce, proprio mentre un timido bussava alla porta.

Max sorrise in modo strano e, pistola nella mano destra, aprì la porta, facendosi da parte.

"Gretel..." mormorò stupito.

La donna sembrava sollevata nel vedere Max.

"Pensavo che ti fosse successo qualcosa, Max", disse, penetrando nel pavimento. " Sono stato al "Malnihöus" prima di decidere di venire qui.

Max si accigliò,

"Ebbene?" chiese.

"Ho scoperto qualcosa di importante.

"Concordare. Parleremo.

Otto era riapparso e Max fece brevemente le presentazioni. I tre tornarono in soggiorno.

Gretel prese il divano e Otto si sedette su una sedia. Max prese la sua posizione preferita, di fronte. finestra.

"Non ti ho lasciato solo, Max," iniziò Gretel. " Avanzai ancora un po', avvicinandomi all'albergo. Ho pensato che sarebbe stata un'inutile perdita di tempo aspettarti lì, quando è arrivata una macchina e una donna è scesa mentre si dirigeva verso l'hotel. Forse era un'intuizione, ma decisi di continuare ad aspettare, osservando gli altri tre occupanti del veicolo, che dopo dieci minuti iniziarono a mostrare impazienza. Un uomo è sceso... Era Yfremov? "Domandò Gretel.

Max fece un respiro profondo.

"Era Yfremov", ha detto.

"Sì" sorrise Gretel. Poco dopo, quello stesso uomo è stato gettato da una finestra e sono rimasto sorpreso dall'atteggiamento degli altri, che si sono precipitati a recuperare il corpo, scomparendo da lì. Pochi minuti prima quella donna era ricomparsa ed era salita in macchina. Quando è iniziato, ho iniziato il mio.

"Perfetto," mormorò Max. " Li hai seguiti?

"Sì. Anche una casa situata in periferia, vicinissima al mare" disse Gretel" mi dicevo che la cosa migliore sarebbe stata farvelo sapere. Quando non sono riuscito a trovarti in albergo, dopo alcune domande molto discrete, ho cominciato a pensare alla possibilità che ti fosse successo qualcosa.

Max sorrise e guardò Otto,

"Siamo stati fortunati", ha detto. Vediamo, Gretel- C'era qualcuno in quella casa?

"Non lo so. Non pensavo fosse saggio avvicinarsi troppo, comunque non c'era luce.

"Questo non significa niente," ringhiò Max. La cosa veramente importante, quindi, è non perdere questa occasione per eliminare questo gruppo sovietico. In questi momenti potremmo avere successo, non sospettano di essere stati seguiti.

"Stai pensando di andarci?" chiese Otto.

"Così semplice,

«Noi soli?», chiese Otto.

"Non credo siano più di tre," rispose Max. "D'altra parte abbiamo la sorpresa a nostro favore. A piedi.

Pochi minuti dopo si erano sistemati nell'auto che Gretel aveva noleggiato. Si mise al volante e Max accanto a lei. Otto si sistemò sui sedili posteriori.

La macchina partì e percorsero i primi minuti in silenzio. Gretel l'ha interrotto.

"È strano, Max" mormorò "Quando ti ho perso di vista in albergo ho iniziato a sentire che mancava qualcosa e avevo paura, mi credi?

Max la guardò; Riusciva solo a vedere il contorno del volto esotico della donna, che aveva parlato senza guardare Max, fissando l'asfalto. Notò le labbra sottili di Gretel, le sue lunghe ciglia.

"Perché no?" rifletté Max. Ti aspetti sempre che succeda una cosa del genere. Quando arriva, è sorpreso. Siamo un po' demoralizzati, Gretel, e ci aggrappiamo a tutto ciò che può riportarci alla realtà che la vita continua. Una di queste cose è l'amore.

"Amore..." sussurrò Gretel.

Otto, da dietro, colse quel sussurro e rabbrividì. Ricordava la ragazza polacca con gli occhi grandi e lo sguardo dolce. Maledetta guerra! L'amava e doveva starle lontano. Per lo meno, Max è stato più fortunato, visto che Gretel era lì. Molte cose perdono importanza quando è coinvolto qualcosa di così intenso come un amore appena nato.

Anche l'amore di Otto per lo schiavo polacco era appena nato, tormentoso.

Ricordava molto bene il giorno in cui le SS lo assegnarono alla sua fattoria, alla fattoria Giessemann, tutte appartenenti al partito nazista, Otto compreso, fino a quando non costruì le sue prime armi sul confine russo. Lì iniziò a provare orrore della guerra, delle SS e persino di se stesso. È riuscito a fuggire da lì. Un giorno, se quell'esilio fosse durato troppo, sarebbe andato in Germania per trovare il polacco.

"C'è luce in casa" disse la ragazza. È il secondo a sinistra della strada.

Max calcolò rapidamente la distanza e ordinò:

Rallenta, Gretel. Il resto lo possiamo percorrere benissimo a piedi.

L'auto ha lasciato la strada, in campo aperto, dietro un gruppo di alberi.

* * *

Una potente torcia illuminò quella strana grotta. Due uomini, in silenzio, tesi, senza che i loro volti esprimessero nulla, si cambiarono d'abito, indifferenti alla presenza di una donna, una bella russa che reggeva la lanterna.

In pochi minuti, questi uomini furono stipati nelle loro tute di gomma scura, le mani nude e le facce imbrattate.

Nella grotta, in un angolo, c'era un gommone, con una capacità appena sufficiente per due persone. In un altro angolo c'era una scatola di legno piena di strani manufatti. C'era anche un piccolo arsenale, composto da mitra e bombe a mano.

"Pronta, Sonia" risuonò una voce.

La donna fece pochi passi nel tunnel, mentre uno di quegli uomini prendeva la barca e l'altro alcuni dei manufatti che si trovavano nella cassa di legno.

Seguirono Sonia, che proiettò il raggio di luce sulla terra umida del tunnel.

Poco dopo raggiunsero il fondo del tunnel, e tra i due uomini, dopo aver momentaneamente posato a terra i loro manufatti, fecero ruotare una roccia, quel tanto che bastava perché i loro corpi potessero scivolare attraverso l'apertura.

Dopo un notevole sforzo da parte di entrambi, la roccia si mosse e dalla grotta giunsero, subito, la fresca e umida brezza marina e l'inconfondibile odore di salnitro.

Si sentiva il rumore delle onde che si infrangevano contro la scogliera e alcune particelle di acqua spruzzata penetravano attraverso quel foro.

Uno di quegli uomini lasciò la barca, che subito si gonfiò, fermandosi tra alcuni scogli. Quindi uno dei compagni scese, recuperandolo e allungando la mano per posizionare convenientemente i manufatti che si estendevano dall'apertura.

Poco dopo, la barca, con i due uomini e la loro carica esplosiva, si stava muovendo silenziosamente nelle acque del Baltico.

Avevano precedentemente tappato il buco dall'esterno con una roccia pesante preparata allo scopo.

Sonia, calma, accesa per il ritorno, si allontana da lì.

Arrivò a delle scale sterrate e ruvide e salì. Spingendo con entrambe le braccia sollevò una trappola con un tappeto e accese la luce in quella stanza.

Andò al telefono, appeso al muro, a pochi passi dalla finestra di quella stanza, che dava sul mare, buia, inquietante.

Prese il dispositivo e compose un numero. Quando hanno risposto alla chiamata, Sonia ha detto:

"Pronto.

"Per quando?" domandò una voce.

"Cosa di mezz'ora; forse meno "disse Sonia.". Puoi?

Ci fu una risata roca, un po' sarcastica,

"Comunque", disse allora quella voce. " Che fine ha fatto questo Yfremov?

"Morta" rispose Sonia.

"Influirà su qualcosa?

"Non la penso così. Al momento solo io sono conosciuto da un agente antinazista "rispose Sonia". Comunque, avremo del lavoro dopo, capito? Potrebbe essere pericoloso lasciare che quell'agente cerchi.

"Già. Lo anticiperemo, no?

"Se possibile.

"Deve essere. Deve essere fatto. Lo sai già, Sonia. Stiamo facendo un ottimo lavoro e non dobbiamo arrenderci senza combattere.

Sonia strinse le labbra.

"Non mi piace il tuo sarcasmo", disse tra i denti. È vero: bisogna farlo. L'hai detto prima: qualunque cosa. Inteso? E naturalmente, questa posizione non la abbandoneremo senza combattere. Ci è voluto troppo tempo per arrivare qui.

"Lo so, lo so...

"Non mi piace la tua indifferenza" disse Sonia.

Risuonò una risata beffarda.

"Hai paura che io tradisca il gruppo?" chiese l'uomo, dall'altra parte del filo.

"Beh... voglio solo ricordarti una cosa: i nazisti ci stanno spingendo in Russia a un ritmo che non sarei sorpreso da nulla che li metterebbe alle porte di Mosca. Sapete cosa rappresenterebbe? E sai cosa rappresenta il loro avanzamento? Centinaia di migliaia della nostra gente stanno morendo e i loro campi di sterminio si stanno riempiendo di corpi di russi. Cosa ne dici?

"Qualunque. Già conosciuto. Non possiamo fermare quell'avanzata, ma forse il materiale americano lo farà. Sta raggiungendo migliaia di tonnellate.

"Preferisco fidarmi di noi stessi", brontolò Sonia. " Non indugiare più.

"Va bene. Che cosa hai intenzione di fare?

"Riposa," mormorò Sonia, una smorfia di stanchezza che le apparve sul viso. Almeno, fino al loro ritorno; ci vorrà molto tempo.

"Già. Ciao.

Riattaccarono e Sonia si avvicinò a una scatola su un tavolo, da cui estrasse una sigaretta. L'accese e fumò per un momento, pensierosa, la fronte bianca e limpida attraversata da una piega verticale.

Alla fine, si diresse lentamente verso la sua stanza. Giaceva vestita sul letto, gli occhi spalancati e scuri. Di tanto in tanto ardeva solo la brace della sigaretta.

Nella sua mente, ha tracciato il percorso del gommone in direzione del porto della città. Era un vantaggio evidente lavorare in un punto neutrale.

Poco dopo, stava cercando il posacenere e spense il mozzicone di sigaretta. Chiuse gli occhi pensando che forse avrebbe potuto dormire.

5

Sonia aprì gli occhi improvvisamente sorpresa. Ha teso le orecchie e ha notato abbastanza chiaramente il rumore che fa qualcuno quando forza una serratura con una chiave falsa.

Saltò giù dal letto e rimase immobile per un momento, mordendosi il labbro.

C'era una sola soluzione che si poteva raggiungere: il fatto che lì, fuori, qualcuno stesse cercando di entrare in casa non significava niente di buono.

Sonia lasciò la sua stanza e scivolò silenziosamente, al buio, in direzione di quella in cui si trovava la trappola che portava al tunnel. Idee confuse si affollavano nel suo cervello. Com'era successo? Chi li avrebbe scoperti?

Furiosa, aprì la trappola e posò il tappeto in modo che quando il legno fu abbassato fosse completamente piatto sul pavimento, nascondendo la trappola. Lo ha fatto nel momento in cui c'era uno scatto metallico, che indicava che il lucchetto aveva ceduto.

Torcia in mano, corse in fondo al tunnel. C'erano armi automatiche lì, o comunque poteva tentare di fuggire attraverso il buco.

La donna, con la fronte imperlata di sudore, prese un mitra e si fermò con le spalle all'apertura, premendo per vedere se in un dato momento questo potesse essere il suo punto di fuga.

Il sudore aumentò quando si rese conto che questo sforzo era totalmente inutile. La roccia posta all'esterno, tappando il buco, non si era mossa affatto.

Ricordava molto bene che i due uomini che erano partiti poco prima avevano fatto un duro sforzo congiunto per muoversi.

Chiuse gli occhi per un momento e si disse di calmarsi. Dopotutto, non l'avevano ancora scoperta e aveva un mitra in mano.

Spense la torcia e rimase in un angolo, immobile, gli occhi spalancati nel buio.

Uno strano sorriso gli piegò le labbra, pensando che un'irruzione nel tempo, a sorpresa, avrebbe potuto risparmiargli molti guai.

* * *

La porta cedette e Max Kropelin entrò. Otto e Gretel lo seguirono, ognuno con la pistola in mano e tutti i sensi tesi.

"Forse ci sarà una sorpresa," sussurrò Max. "Ci deve essere qualcuno, dato che la luce non si è spenta da sola. E nessuno è uscito di casa dopo.

Aspettarono qualche istante per abituarsi al buio e per farsi un'idea della disposizione della casa.

Un debole profumo femminile raggiunse le narici di Max. Lanciò un'occhiata verso una porta socchiusa sul retro della casa. Sorrise leggermente, ricordando molto bene l'odore di Sonia quando si imbatterono nel "Malnihöus".

"Copri le altre porte, Otto," mormorò Max. Non ti muovi da qui, Gretel.

Senza aspettare una risposta, Max iniziò ad avanzare verso la stanza di Sonia, senza usare la torcia. A dire il vero, la cosa cominciava a sembrare strana, dal momento che, secondo la dichiarazione di Gretel, c'erano almeno due uomini in quella casa, e Sonia dormiva con la porta aperta. Questo è stato un po' difficile da assimilare per Max, quindi è stato estremamente cauto e ha chiesto mentalmente a Otto di fare lo stesso.

Quando raggiunsero la porta della stanza, il profumo del russo si intensificò.

Max fece un respiro profondo e saltò silenziosamente nella stanza.

Non c'era movimento nella stanza e Max, deluso, vedendo abbastanza chiaramente il letto vuoto adesso, grugnì di rabbia.

Com'è stato possibile?

Tornò rapidamente sui suoi passi, rivolgendosi a Otto.

«Esamineremo le altre stanze», disse. Non sarei sorpreso se la casa avesse un'altra via d'uscita e in qualche modo fossimo scoperti.

In due minuti esaminarono le tre stanze che componevano questo edificio moderno, costruito probabilmente da un pazzo o da un capriccioso, quasi proprio sul ciglio di una rupe pericolosa e di poca bellezza panoramica. Sembrava addirittura che la casa non fosse del tutto finita o ci fossero molti difetti di costruzione.

"Otto.

"Quella?

"Qualcosa ha un odore forte per me," ringhiò Max.

"Che cosa?

"Questa casa è stata costruita frettolosamente dai russi, con il permesso, ovviamente, di essere utilizzata come quartier generale per le loro operazioni di sabotaggio.

"Forse hai ragione," borbottò Otto. Ciò significa che deve esserci qualcosa di più di quello che stiamo vedendo, giusto?

"Il più sicuro.

"Concordare. Cercheremo ", ha detto Otto.

Max rimase pensieroso per un momento; Poi, lui ha detto:

"Mentre tu cerchi l'uscita, che deve esistere, io perquisirò la stanza di Sonia, forse troveremo qualcosa di interessante; Il fatto che siano scomparsi da qui non significa necessariamente che ci abbiano scoperto. Potrebbero fare qualcosa.

"Bene, Massimo.

Mentre Otto iniziava a perquisire ed esaminare attentamente le stanze, Max e Gretel si diressero verso la stanza di Sonia,

Max estrasse la torcia da una tasca della giacca e diresse il fascio di luce con un movimento circolare per la stanza, scoprendo, dallo scarso mobilio, composto dal letto, una sedia, un comodino e un minuscolo comò, che non aveva Mi sono sbagliato, pensando che questa casa fosse un rifugio di emergenza.

"Guarda nel comò, Gretel," disse Max mentre si dirigeva verso il comodino.

Gretel non aveva nemmeno bisogno di aprire un singolo cassetto dell'armadio. esclamato:

"Massimo!

Il tedesco si voltò rapidamente e si avvicinò a Gretel, che teneva una busta nella mano destra. Max lo prese e sospirò quando vide l'iscrizione sulla busta; in russo: «Shoversenno sekretno»

"Bene..." mormorò. Suppongo di non sbagliarmi: questa è la busta delle istruzioni, che portava Yfremov.

Gretel si morse pensierosa il labbro inferiore mentre Max posava la torcia sul comò per aprire la busta.

Ne strappò un'estremità e ne tirò fuori il contenuto,

"Dannazione!" mormorò, deluso. cosa diavolo significa?

La busta conteneva una serie di fogli... vuoti. Fogli bianchi, senza una sola riga scritta, Gretel diceva:

"Forse è scritto con un bell'inchiostro, Max, 'Non ci avevo pensato', ringhiò il tedesco." Comunque, comincio a diffidare che sia così. Non riesco a immaginare che Sonia abbia dimenticato questa busta sul comò, capisci? Inoltre, questo mi fa sospettare molte altre cose. Per esempio: Yfremov conosceva le istruzioni a memoria e viaggiava con questa busta, che poteva salvargli la vita, se qualche nemico, Gestapo o noi, si fosse accontentato di lui, capisci?

"Sì. La busta era un gancio che, se fosse scomparsa, quando Yfremov l'avesse portata, lo avrebbe avvertito che era stata scoperta, prendendo così le precauzioni destinate a scomparire.

"Penso di sì" borbottò Max- ". Pertanto, ora sappiamo con certezza che Yfremov ha comunicato verbalmente le istruzioni per l'imminente sabotaggio. E il fatto che questa casa sia vuota significa, molto probabilmente, che le cose sono in corso ...

Max era impallidito e la sua fronte cominciò a brillare.

"Dobbiamo fare qualcosa", continuò, stringendo i pugni, accartocciando la busta, che poi gettò a terra, furioso.

Stava per lasciare la stanza, ma Gretel lo fermò.

"Massimo.

Il tedesco guardò negli occhi la donna. Le pupille di Gretel avevano ormai perso quell'aria di freddo distacco. Nella penombra, il suo viso, in ombra sotto gli zigomi alti, assunse un'altra espressione, più giovanile.

Max aspettò che Gretel parlasse.

"Non è impossibile che ci abbiano scoperto, Max" disse Gretel

"Giusto, non è impossibile," rispose Max. E bene?

"In questo caso, non sarebbe irragionevole supporre che siamo stati costituiti; che ci aspettano in trappola.

Max pensò furiosamente.

"Devi scoprirlo comunque," ringhiò. Per paura di una possibile trappola non perderemo questa occasione.

Il busto di Gretel, in una muta ispirazione, strinse le vesti dell'abito.

Non protestò affatto. Appena detto:

"Immagino che lo farai comunque.

Max sorrise e allungò la mano destra, accarezzando la guancia sinistra della donna, la cui pelle vibrava.

"Sei intelligente, Gretel. Horst è ovviamente un uomo che sa come scegliere i suoi alleati. Forse sta iniziando a preoccuparsi del tuo ritardo. Gretel sorrise e disse:

"Devi sospettare cosa mi sta succedendo. Insisteva molto sul fatto che tu fossi un uomo straordinario, Max.

Una smorfia di amarezza storse le labbra del giovane. Scosse il capo,

"Povero Horst..." sussurrò. Sono davvero solo infelice, Gretel. Lo faccio per circostanza, non perché ho il coraggio, l'intelligenza e i nervi saldi per questa professione. E confesso che quando ho avuto più paura nella mia vita è stato nell'adempimento di alcune missioni di spionaggio vicino alla Gestapo. Anche quando combatteva nella regione ucraina di Kiev prima dell'Armata Rossa, non era così spaventato. No, Gretel, non c'è niente di straordinario in me. Ti ho già detto che un giorno potresti rimanere deluso.

Gretel fece un passo avanti e affrontò Max. Sentì un calore provenire dallo stomaco, salire dolcemente sul petto. Quando le sue braccia circondarono la vita corta di Gretel, tutto quel calore passò alle sue labbra, che si posò su quelle della donna.

Era una carezza intensa; come se entrambi stessero cercando di trattenere qualcosa che potrebbe fuggire da un momento all'altro.

"Ti amo, Max -" - sussurrò Gretel. Sei straordinario. Ed è straordinario che ci amiamo.

"E!..." rifletté Max.

Il tedesco si rese conto che dalla solitudine più terrificante di quegli ultimi mesi era arrivato a possedere qualcosa, qualcosa che potesse riempire una vita.

Strinse Gretel più vicino, sentendo la fermezza, il calore di quel giovane corpo. La baciò di nuovo, chiudendo gli occhi per un momento. Cercò di non ricordare che Gretel era davvero un corpo più sacrificato per una causa che sembrava essere persa.

"Dai, Gretel" mormorò poi "Otto starà aspettando.

"Sì dai. Grazie... per non aver parlato, Max" sussurrò la giovane donna, con voce un po' rotta, "ho notato la tua tensione...

«Sta' zitto!» mormorò Max. Andiamo.

Delicatamente, la spinse verso l'uscita di quella stanza. Andarono dove avevano lasciato Otto.

Otto non c'era. Non se l'era aspettato.

* * *

Otto, accigliato, lasciò che la sua torcia attraversasse le pareti della stanza. Questo tedesco grosso, biondo, dalla testa squadrata, con gli occhi scuri non era molto intelligente, ma era astuto e non si sarebbe lasciato ingannare dall'apparenza che non ci fosse nulla lì che suggerisse un'uscita dall'esterno.

Aveva già attraversato una stanza e si era ritrovato in quella la cui finestra dava sul mare.

Potevo sentire debolmente il suono delle onde che si infrangevano contro la scogliera. Non gli piaceva l'ambiente nebbioso e umido; non gli piaceva il mare; Era l'uomo della terra, della fattoria.

Tutto ciò lo turbava, gli dava l'impressione di essere lontano dal suo, da ciò che tanto amava. Era molto lontano dalla ragazza polacca ...

Otto scosse la testa per reazione.

"Piangeresti come un bambino", si disse.

Pensò che se le pareti fossero state solide, avrebbe dovuto perquisire il pavimento.

Potrebbe essere un modo per perdere tempo, ma andava fatto. Ogni sforzo che faceva lo avvicinava un po' a tutto ciò che era suo.

La luce della torcia iniziò a cercare un solco nelle piastrelle del pavimento, fino a fissarsi su quel tappeto che aveva una leggera piega.

Otto si avvicinò e tirò via il tappeto con un calcio. Uno strano sorriso gli storse le labbra alla scoperta della trappola di legno.

Perfetto. Era laggiù. C'erano due circostanze: che aspettassero di averli scoperti o che non li aspettassero.

Ad ogni modo, era meglio aggiornare Max su ciò che aveva scoperto.

Senza toccare la trappola, indietreggiò, dirigendosi verso la stanza del russo, dove stavano Gretel e Max.

A quanto pare, i loro passi silenziosi non furono uditi dalla coppia, che continuò a baciarsi, mentre Otto, un po' sorpreso, li osservava dalla soglia.

Otto rimase lì per diversi secondi, indeciso, pallidissimo, guardando, ipnotizzato, quei corpi che sembravano una cosa sola.

Alla fine prese una decisione: silenziosamente com'era venuto, si ritirò.

Massimo è stato fortunato. Max non era più solo e terribilmente lontano dai suoi affari.

L'omone sentì un leggero soffocamento e poi una puntura sospetta negli occhi. Anche lui era lì a causa delle circostanze. Era un uomo pacifico, un grande bevitore di birra e un eterno ammiratore di tutto ciò che è bello, soprattutto quando era una donna... come la polacca. Dolce, giovane, miserabile...

Strinse le labbra e ricordò che ogni trionfo lo avvicinava un po' a tutto ciò che era così lontano.

Risoluto, si diresse verso la trappola senza alcun dubbio che Max ci sarebbe arrivato al primo segno di pericolo. Max è stato un ottimo compagno. Max aveva un grande futuro quando il nazismo scomparve dalla Germania e dagli strati della terra. Max era lo studente che non ha mai ripetuto il corso.

Otto fece un respiro profondo e si sporse in avanti, cercando la rientranza nel legno che servisse a tenere ferme le sue dita. Tirò delicatamente e la trappola iniziò a sollevarsi. Cercò di non fare il minimo rumore e si stese sul pavimento, cercando di captare qualche rumore proveniente dall'interno buio e umido di quella bocca aperta sul pavimento.

Qualunque.

Con le tempie umide di sudore, Otto prese una decisione.

6

Sonia è stata incollata a un angolo e ha colto la leggera chiarezza che è stata fatta nel tunnel quando è stato aperto il portello. Le dita della donna si strinsero attorno al mitra che brandiva. Trattenne il respiro e fissò l'ingresso del tunnel, attenta alla prossima mossa di quello che era senza dubbio un nemico.

Digrignò i denti quando vide un sottile cono di luce proiettato a terra.

Aspettò ancora, poiché non era del tutto sicura che fosse un solo uomo ad essere lì.

La donna ha sentito il battito violento del suo cuore. Credeva che fosse impossibile per l'uomo che avanzava, supponendo che fosse un uomo, dal momento che non poteva ancora distinguere la sua sagoma, non sentire quei forti palpiti, che sentiva nella sua gola, nelle sue tempie...

Inaspettatamente, il raggio di luce si alzò, proiettandosi verso il fondo del tunnel e raggiungendo quasi completamente Sonia, che le aveva incollato il calcio del mitra al fianco destro.

Risuonò un sussulto, trovando una strana eco nel tunnel, e Sonia premette il grilletto dell'arma.

Otto Geissmann, sorpreso da quell'improvvisa lingua di fuoco, ebbe solo il tempo di esalare un rauco gemito. Aveva sentito un forte dolore al petto ed era stato costretto a fare diversi passi indietro, lasciando andare la torcia, per scoprire che la forza delle sue dita era improvvisamente scomparsa.

Con la pistola nella mano destra ha sparato due volte, probabilmente di riflesso. In ogni caso, i proiettili riuscirono solo a staccare particelle di roccia e terra dal soffitto.

Si ritrovò seduto per terra con la schiena appoggiata alla parete mal scolpita del tunnel. I suoi occhi, velati dall'angoscia, dal dolore, erano fissi sulla lanterna, che ancora emetteva un raggio di luce a livello del suolo.

Poi quella sagoma che si avvicina...

Era una donna. Otto non era così cattivo da non scoprire che la figura apparteneva a una donna.

"Il russo..." mormorò.

Sonia, tesa, con il volto contratto, con dei capelli appiccicati alla fronte, al viso, a causa del sudore e dell'umidità, è arrivata accanto al ferito.

"Chi sei? Come ci sei arrivato? Ha chiesto.

Otto, in quei momenti, l'unica cosa che sapeva fare era farsi una risata soffocata. Forse stava ridendo di se stesso. Pensavo che per quanto Max avesse fretta, i proiettili erano molto più veloci.

Infinitamente più veloce.

"Ho parlato!

L'urlo di Sonia fece trasalire Otto. Quella donna era nervosa. Molto nervoso. Almeno doveva essere spaventato quanto lo stesso Otto.

"Sei venuta da sola?" continuò a chiedere Sonia.

"Sì... Quello..., cioè: solo..." rispose Otto.

Cosa stava cercando?

"Una busta" disse Otto. Io... l'ho trovato...

"Davvero?" rise sgradevolmente la bella Sonia.

"Certo... Molto interessante.

"Menzogna.

Il russo dai tratti Mughal capì subito che Otto stava mentendo. Potrebbe persino mentire sul fatto di essere solo in casa. C'era un mezzo per farlo parlare.

Senza che Otto sospettasse nemmeno dell'azione della donna, Sonia affrontò la canna del mitra ai piedi di Otto e premette il grilletto.

Di nuovo quella lingua di fuoco, breve, ma intensa. Un ululato di dolore fu soffocato dal rumore acuto dell'arma, che rimbombò assordante lungo il tunnel.

Otto si guardò i piedi insanguinati. Sentì il dolore aumentare fino a produrre atroci punture di spillo nel suo cervello.

In quei momenti si udì un rumore smorzato sulle scale sterrate, e Sonia, perdendo la compostezza per qualche secondo, sparò ancora, mentre si ritirava verso il fondo del tunnel, finché la sua schiena non fu incollata a quella maledetta roccia che non cedeva modo. non potevo uscire da lì...

* * *

"Massimo...

Max era livido, fissava quella trappola aperta, come una bocca mostruosa.

Sentendo il sussurro di Gretel, la guardò e disse:

«Ho sentito, Gretel. Rimani qui. Ti prego di fuggire se tardavo a tornare o non davo segni di vita.

Gretel si morse il labbro, ma non riuscì a impedire che due lacrime le entrassero negli occhi.

"Non può essere così lungo..." sussurrò, rivolgendosi a se stessa più che a Max stesso.

Il tedesco accarezzò i capelli della donna, in silenzio. Bastava guardarla negli occhi.

Sussultò quando udì di nuovo quel rumore forte delle detonazioni, che sembrava voler scappare attraverso la trappola aperta, Max, senza aspettare oltre, cercando con tutte le sue forze di dimenticare Gretel, che lo guardava ancora con gli occhi sgranati, come se non credesse che ciò potesse accadere, gettò una scatola di fiammiferi giù per le scale.

Immediatamente seguì una nuova catena di bome secche, che fece sorridere duramente il tedesco.

Non appena l'eco degli spari cessò, scese quelle scale, attaccandosi subito al muro di terra, dirigendo la canna della sua pistola verso il fondo del tunnel.

Vide brillare la luce che illuminava solo una parete del tunnel sebbene riverberasse abbastanza da illuminare quell'area,

Max ha visto Sonia.

La vide schiacciata contro il muro, immobile, intenta a cercare la sagoma dell'uomo che doveva essere avanzato verso la luce.

Ma Max non avanzò. Ha solo mirato con calma e ha premuto il grilletto. Per due volte. Il doppio boom sembrava quasi ridicolo rispetto alla potenza del mitra di Sonia.

Tuttavia, è stato sufficiente.

Ci fu un sussulto e, se c'era luce. Max avrebbe potuto vedere una macchia di sangue diffondersi rapidamente, tragicamente, lungo la spalla sinistra di Sonia. Il sangue le inzuppava il vestito lungo il petto fin quasi allo stomaco.

Bloccato contro il muro, Max avanzò abbastanza da sentire i sussulti di Sonia, che stava lottando inutilmente per raccogliere l'arma che le era sfuggita di mano.

Già abituato a quella luce, Max, saltando sulle gambe tese di Otto che aveva perso conoscenza, corse verso Sonia.

"Tranquillo!

L'ordine uscì secco, duro, dalle labbra di Max. Era arrivato accanto a Sonia e aveva messo il piede sul calcio del mitra, proiettando contemporaneamente la luce della sua torcia verso gli occhi della donna.

Sembrò crollare improvvisamente e smise di lottare per recuperare il mitra.

Max avrebbe giurato che un singhiozzo fosse uscito dalla gola di Sonia. Tuttavia, era piuttosto scettico sul fatto che Sonia potesse o fosse capace di piangere. Ignorò la minima attenzione e colpì il polso di Sonia con la punta della scarpa, che rimase immobile, chiudendo gli occhi per liberare gli occhi dalla tortura di quella luce fissa.

Massimo sospirò.

"Sono contento che tu capisca che è inutile cercare una via d'uscita", ha detto. Mi dispiacerebbe doverti uccidere, Sonia.

«Spara», disse la donna con voce roca.

Max rise piano.

"È curioso. Me lo hai già chiesto una volta, poche ore fa. Chiunque direbbe che sei un chiaroveggente... Non so se mi capisci: voglio dire che puoi davvero morire per mano mia.

Sonia non ha risposto. Continuò a evitare la luce, facendo perdere a Max la vista di fissarla negli occhi nerissimi, che pungevano furiosamente.

"Sappiamo che c'erano due uomini con te, Sonia" disse Max. Dove sono loro?

Silenzio.

"Questo tunnel ha un'uscita?" Chiese Max.

Sonia non ha risposto alla domanda. A sua volta, ha chiesto:

"Come hai scoperto questa casa?

"Una donna. È vero che le donne hanno sempre avuto un ruolo importante nella storia. Ma voglio ricordarti che te lo chiedo, Sonia. E spero che questa volta non rispondi con bugie. Dove sono i due uomini che ti hanno accompagnato?

"Non lo so.

Max strinse i denti. Vorrei avere il coraggio di picchiare una donna. Doveva rimetterlo insieme, anche se questa donna era ferita e il sangue formava un grumo lucido sul busto di quel vestito nero.

Quel desiderio sembrava trasmettersi contemporaneamente dal cervello ai nervi di Max, che, brutalmente, colpì con la canna della pistola il volto della donna, facendola piangere di dolore.

"Dove sono loro. Sonia? Da dove provengono? Ha chiesto.

Sonia stava per perdere conoscenza. Sarebbe scoppiata volentieri in singhiozzi, per sopportare meglio quel dolore latente alla spalla sinistra. Aveva due proiettili quasi ravvicinati, che gli mordevano inesorabilmente la carne.

"Il tunnel... ha un'uscita..." ansimò. In questo momento, la mia schiena la sta tappando.

"Concordare. Ma ho chiesto un'altra cosa.

"Sì...

Sembrava svenire, ma fu svegliata da un nuovo colpo, che fece scoppiare quelle labbra rosse e carnose, che, in altre circostanze, Max avrebbe voluto accanto alle sue. Massimo e chiunque altro.

"Sonia.

La donna scosse la testa. nebbie Dolore. Angoscia.

"Hai scoperto la busta?" chiese.

"Buona farsa," ringhiò Max. Sì, l'abbiamo trovato. E quello? Naturalmente, sospettiamo che Yfremov abbia dato le istruzioni verbalmente. È possibile che si svolgano stasera?

Sonia annuì lentamente con la testa. Poi, lui ha detto:

"Sì questa notte. Non importa più che lo dica. È inutile che cerchi di neutralizzare la nostra azione...

Max strinse gli occhi. La mano che reggeva la torcia vacillò leggermente.

"Forse no, Sonia" disse freddamente. Quei due uomini vogliono sabotare nuove spedizioni di acciaio? Quali sono le navi che devono trasportare il carico? Tu sai tutto questo e lo saprò anche io.

Max fu sorpreso dalla reazione della donna. Si limitò a ridacchiare istericamente e poi inaspettatamente la sua testa pendeva sul lato destro. Si bloccò, respirando molto debolmente. I pugni di Max si strinsero freneticamente attorno alla torcia e alla pistola che teneva in mano.

Ancora poco convinto che lo svenimento di Sonia fosse legittimo, colpì il volto della donna con un nuovo colpo. Solo un leggero gemito lasciò la gola di Sonia e lei crollò a terra, scoprendo l'apertura del tunnel.

Ma Max, in quei momenti, riteneva che ci fossero cose più urgenti.

Lasciò Sonia e corse verso le scale che portavano alla stanza delle trappole. Sentì Gretel sospirare di sollievo, che era inginocchiata a terra, osservando cosa sarebbe potuto succedere in quel lugubre tunnel.

Prima che Gretel potesse aprire bocca, Max Lijo:

"Cerca tutto ciò che può essere usato per disinfettare e fasciare le ferite.

"Massimo, cosa?...

Gretel si interruppe. Max non stava ascoltando. Il tedesco era di nuovo scomparso, diretto verso Otto. Ansiosamente, si chinò sulla puzza; appoggiò l'orecchio al petto insanguinato di Otto e sembrò sollevato nel sentire il debole battito di un grande cuore.

Raccolse le due lanterne, lasciando che entrambi illuminassero Otto con la loro luce, illuminandolo abbastanza chiaramente.

"Otto...

Dolci schiaffi sulle guance fredde dell'uomo.

Grosse gocce di sudore sulla fronte di Max.

"Otto...!

Max scosse il ferito, i cui occhi si spalancarono, lanciandogli intorno uno sguardo stupido e velato,

"Puttana... puttana..." sussurrò Otto con voce roca.

"Calmati" mormorò Max ".. Possiamo fare qualcosa per te. Non muoverti; non parlare.

Si sentivano i passi di Gretel avvicinarsi a Max e al ferito. A terra ha lasciato un kit di emergenza e una bottiglia di brandy francese. A quanto pare, anche i russi apprezzavano i liquori che non erano loro e non avevano nulla a che fare con la vodka.

Max prese la bottiglia e inserì il collo tra le labbra di Otto.

Inghiottì qualche sorso, sentendo un'ondata di calore, di vita. Peccato che fosse artificiale... Ma... che diavolo ci faceva il barbaro di Max?

Si era semplicemente tolto la giacca e stava cercando di fare lo stesso con la camicia di Otto, che era intrisa di sangue.Quando il torso del tedesco fu scoperto, Max prese l'armadietto dei medicinali.

Senza che le labbra di Otto si aprissero, Max fece del suo meglio per fermare l'emorragia causata da due pericolosi proiettili. Uno di loro, sul lato destro del torace, sotto il capezzolo dallo stesso lato; l'altro, a meno di un pollice dal precedente.

"Facile, Otto" mormorò Max "Ne uscirai.

mentito.

Mentiva devotamente.

Quelle due platine erano mortali.

Otto sapeva molto bene cosa stava provando terribilmente doloroso nel suo petto e rise brevemente.

"Sciocchezze, Max..." disse. Non ne esco. Ma non mi interessa. Veramente. mi sento come se...

È stato interrotto.

L'immagine dei corpi di Max e Gretel uniti gli è venuta chiaramente al cervello. Amore, forse disperazione. Che importanza aveva il modo in cui riusciva a padroneggiarlo? Otto lo invidiava. Quella visione di venti minuti prima lo stordì, gli fece desiderare freneticamente qualcosa. Qualcosa: amore. La ragazza polacca... Quanto era lontana...!

"Massimo...

"Quella?

Otto rise di nuovo. O stava piangendo?

«Vale... ne vale la pena che un uomo muoia così... per niente? Per niente, Max! "L'omone quasi singhiozzava". Tutto questo è inutile, barbaro, senza senso... La mia fattoria... ci sarei felice, Max. Lo sai...

"Per l'amor di Dio, stai zitto, Otto," sussurrò Max livido.

"Ho molta paura. Molto spaventato, Max..."- balbettò Otto.

Max Kroplein sentì un brivido. Distolse lo sguardo dal viso di Otto e guardò Gretel, che taceva, forse della stessa opinione di Otto.

"Ti spostiamo di sopra, Otto" mormorò Max. Cercheremo di trovare un modo per salvarti. Devi aiutarci.

"Sì... sì, Massimo...

In quel momento risuonò un gemito soffocato dall'angolo dove giaceva Sonia.

Gli sguardi di Max e Gretel erano fissi sulla forma confusa del corpo del russo, che si muoveva debolmente.

"Abbi cura di lei, Gretel," mormorò Max. " Proverò a spostare Otto di sopra.

Quando si avvicinò a Otto per afferrarlo, il ferito sembrò rifuggire dal contatto. Premette la schiena sudata contro il muro.

"No... non preoccuparti, Max... è inutile. Grazie per aver voluto ingannarmi, ma io conosco molto bene la verità... Perché un uomo sa sempre quando morire?

"Non parlare così, Otto...

"Ripeto che ti ringrazio, Max... Ma è inutile... Te l'avevo detto prima..., che rimpiango solo di non poter tornare alla mia fattoria... Quella ragazza, quella polacca , mi ama... ne sono sicuro, Max. Lei... lei sa che io non sono suo nemico... Lei sa distinguere, visto che attualmente mezzo mondo crede che i tedeschi siano suoi nemici... Perché, Max? Perché?

"Dimenticalo ora, Otto. Stiamo andando a...

"Non potrò resistere a quella mossa, Max... Lasciami...

Max, stordito, guardò Otto. Lo fissò incredulo e si rese conto che Otto aveva ragione. Ogni sforzo per migliorare la situazione di quel grande e pulito tedesco era inutile.

"Otto, io...

È stato interrotto.

La testa di Otto era appoggiata inconsciamente alla parete del tunnel. Aveva perso di nuovo conoscenza.

7

È tornato in sé.

Max si avvicinò a Gretel, che era inginocchiata accanto a Sonia. La spinse via gentilmente, prendendo il posto della giovane donna. Allungò la mano destra, prendendo il mento tremante di Sonia.

"Ho dedotto da tutto ciò che due uomini si sono proposti di sabotare le navi con carico di acciaio destinate alla Germania. Quelle navi, sicuramente, stanno per salpare, quindi è certo che i loro rispettivi equipaggi sono a bordo. Basta che tu parli perché si salvino molte vite di persone neutrali, Sonia. Vorrei che lo capiste bene: gente neutrale. Quelle vite non devono essere interrotte.

"Si salverebbero anche le barche" ha detto Sonia.

Max chiuse brevemente gli occhi.

"Importa così tanto?" chiese.

Gli occhi di Sonia lampeggiarono. Il suo busto eretto tremava, si voltava, bagnato di sangue.

"Per noi, sì," disse, aspramente.

Max chinò la testa.

Non aveva visto, con i propri occhi, impotente, quasi piangendo di rabbia, ciò che le SS e la Gestapo in stretta collaborazione avevano fatto con i russi catturati? Donne e bambini compresi. Non era esasperante?

Esasperante...

Cos'era che brillava nelle pupille di Sonia Yourskof? Non era follia?

"Ripeto che queste sono persone neutrali", ha detto Max.

"L'acciaio è per la Germania" ha insistito Sonia.

«Nonostante ciò, Sonia.

La donna fece un respiro profondo, che le fece tossire.

"Va bene. Forse hai ragione". Comunque non credo ci sia già una soluzione.

"Cosa vuoi dire?" Chiese Max.

"E' passata più di un'ora, quasi un'ora e mezza, che gli uomini sono partiti in direzione del porto della città - ha spiegato Sonia -". Le accuse, molto probabilmente, sono già in atto...

* * *

"Vedi qualcosa, Kuibshef?

"No" ringhiò il suddetto.

Lubyen socchiuse gli occhi, cercando di cogliere i segnali in attesa dal porto di Stoccolma; Erano in acqua da molto tempo, più di quarantacinque minuti, e l'attesa cominciava a turbare i nervi dei russi, totalmente invisibili al buio, al largo del porto.

"Non mi piace Vorostok!" Disse Lubyen. " Prendi le cose troppo facilmente; come se niente di tutto questo fosse con noi...

Si fermò all'improvviso.

Là, in lontananza, brillava una luce rossastra. Mezzo minuto dopo, la luce brillava in un punto a poca distanza dal primo. Aspettarono ancora un altro mezzo minuto e lampeggiò per la terza volta.

"Tre navi", ringhiò Kuibshef. Le cose si complicano ogni giorno di più.

"Non perdere tempo a parlare," borbottò l'altro.

Cominciarono ad avvicinare la barca alle banchine senza perdere di vista le situazioni segnalate dal segnalatore. Videro confusamente, come grandi mostri oscuri, quelle navi pesanti che contenevano il loro prezioso carico.

Sagome che si facevano più definite man mano che si avvicinavano, finché il convoglio composto da tre navi era qualcosa di quasi chiaro agli occhi dei due sovietici, che avevano già deciso di abbandonare il gommone.

Erano abbastanza vicini al porto e conoscevano già la profondità di quei fondali fangosi.

Lubyen scivolò in acqua portando la sua parte di carica esplosiva. Nel frattempo, Kuibshef affondò la barca, facendo galleggiare una boa invisibile dal porto.

I due uomini nuotarono verso le navi, senza fare schizzi. È vero che le sue precauzioni erano quasi inutili, poiché l'equipaggio delle navi mercantili di solito non si preoccupava di ciò che accadeva nelle acque del porto.

Poco dopo, sono scomparsi dalla superficie dopo aver attraversato un cartello.

Entrambi perquisirono gli scafi delle navi, cercando di posizionare le loro cariche magnetiche a esplosione ritardata nei punti più vulnerabili della nave.

Le cariche, del tipo «lampreda», furono distribuite secondo l'esperienza che quei due uomini già avevano, che potevano essere paragonati a strani mostri marini, sebbene con le mani gelate dal freddo e i polmoni sul punto di esplodere.

Ogni tanto affiorava un viso ferito dal freddo. Una boccata d'aria ansiosa bastò a rimandare l'uomo alla ricerca del punto successivo dove posizionare il carico.

L'operazione è stata eseguita rapidamente, ma senza nervi, con calma.

Il primo a nuotare fino al punto in cui è stata affondata la barca è stato Lubyen, che ha localizzato la boa. È stato facile affondare e recuperare la barca, quando è arrivata l'altra.

Hanno tranquillamente preso il loro posto e hanno iniziato il loro ritorno al loro quartier generale.

Guardarono ancora una volta quelle sagome, già sfocate, che presto sarebbero esplose. Ogni esplosione di "lampreda" seguiva, un brivido della nave in questione e una nuvola d'acqua sobbalzava violentemente.

Come sempre. Allora la nave, gravemente danneggiata, sarebbe affondata con il suo carico di acciaio.

***

Max Kropelin strinse i pugni. Mentalmente seguiva i movimenti di quegli uomini e immaginava cosa sarebbe successo.

«Che navi sono quelle, Sonia?» chiese. Conosci i loro nomi?

"No.

"Pensaci," disse Max, sorridendo freddamente.

Un lampo di paura passò per le papille gustative del russo. Max immaginò che in realtà non conoscesse i dati, quindi sarebbe stato quasi impossibile prevenire le esplosioni o, almeno, per gli equipaggi abbandonare la nave.

"Va bene," sospirò Max. Spero che questa sia la tua ultima operazione. Chi è il responsabile del tuo gruppo?

"Io" disse Sonia.

"Hai altri uomini oltre a quei due?

Silenzio.

Massimo scosse la testa.

"Sono disposto a distruggerti", ha detto. La tua rete di sabotaggi deve scomparire. Potrebbero mandare altri agenti, ma ti assicuro che non sarà facile per loro organizzarsi. So che sei qui da prima che iniziasse la guerra. I russi non si sono addormentati, ma tieni presente che il resto di noi sta iniziando a svegliarsi ora.

Un sogghigno di disprezzo sfiorò le labbra del russo.

"Non sforzarti. Non dirò altro. Vedremo cosa sei capace di fare con me ", ha detto.

"Almeno vedrai cosa intendo fare con i due che devono arrivare da un momento all'altro" disse Max, sorridendo aspramente. Quanto a te, troveremo una soluzione. Non sono un assassino... non lo sono stato fino ad ora.

Gretel guardò Max un po' spaventata. La giovane tedesca non poteva nascondere la sua preoccupazione; il soggiorno in quel tunnel l'ha annegata.

"Max... andiamo di sopra" disse. Otto non durerà a lungo qui.

"Va bene. Andiamo.

Si avvicinò a Sonia, costringendola a sedersi. Poi la spinse in avanti. La donna non resistette e iniziò a camminare sotto la minaccia della pistola che Max aveva dato a Gretel.

Max poi si avvicinò a Otto e mise il collo della bottiglia di brandy francese tra le sue labbra pallide. Otto sembrò riprendersi.

"Usciremo di qui, Otto-" ringhiò Max- ". Alzati e appoggiati a me, Otto fece una risata spezzata.

"In piedi? Li ho distrutti... Guardali, Max.

Max fece brillare la torcia ai piedi di Otto e impallidì orribilmente quando vide cosa era successo. Il piede destro è stato fracassato, disfatto. Non avrebbe mai potuto usarlo... ammesso che fosse sopravvissuto alle ferite al petto, di cui Max dubitava.

Tuttavia, Max ha reagito. Disse:

"Concordare. Ti porto in spalla, Otto non protestò. Avrebbe conservato ogni possibilità di salvarsi, non importava quanto fosse debole.

Sentì la spalla di Max sul suo stomaco e poi ondeggiò, mentre Max ondeggiava leggermente, sotto il peso di Otto.

Max fece un segno e Gretel costrinse Sonia ad andare avanti. Quando raggiunsero le scale, la prima a salire fu Gretel. Una volta di sopra, costrinse Sonia, che l'aveva preceduta, a stare in piedi in un angolo della stanza, lontana dalla porta. Da parte sua, Gretel ha aspettato Max, aiutandolo a spostare Otto.

Fu adagiato con cura a terra, con la schiena appoggiata al muro.

Finita l'operazione, Max si avvicinò lentamente a Sonia, che rimase in piedi, livida, mordendosi le labbra per non gridare di dolore.

"Hai avuto tempo per pensare, Sonia" disse Max.

"Mi libererai se parlo?" chiese la donna.

"Provalo" Max sorrise storto.

In quel momento ci fu un rumore alla porta di casa e Max, reagendo prontamente, saltò addosso a Sonia, imbavagliandola con la mano destra prima che la donna potesse urlare.

Max stritolò la donna con il peso del suo corpo e fece un cenno a Gretel, che si appoggiò al muro vicino alla porta d'ingresso di quella stanza.

La porta era stata aperta e la luce del corridoio si era accesa, lasciando perfettamente in vista un uomo, che si era incamminato verso la camera di Sonia.

Max ridacchiò in silenzio e guardò la nuca di Sonia. Ci vorrebbe un solo colpo per sbarazzarsi di lei per un po'. Lasciò cadere la mano sinistra, di taglio, sulla nuca, e notò che il corpo di Sonia si rilassava. Lo mise giù ed estrasse la pistola.

Si avvicinò senza far rumore alla porta e sussurrò:

"Non muoverti, Gretel.

Uscì da quella stanza e seguì quell'uomo, che aveva acceso anche la luce nella stanza di Sonia e si guardava intorno perplesso.

"Non voltarti," ordinò seccamente la voce di Max.

Il corpo dell'uomo sussultò bruscamente, ma lui obbedì. Si immobilizzò, voltando le spalle a Max, che stava avanzando verso di lui. La prima cosa che fece Max fu far scivolare la mano sinistra lungo il petto del russo, trovando una pistola sotto l'ascella sinistra.

Lo gettò sotto il letto di Sonia, e disse:

"Va meglio.

"Dov'è Sonia?" Chiese il ragazzo.

"Ora dormi. Hai un lavoro. Andiamo.

Lo fece voltare e poi lo spinse nella stanza delle trappole, dove si trovava il telefono. Con la luce proveniente dall'atrio, è bastato vedere il disco del dispositivo, e Max ha ordinato:

"Chiama gli uffici portuali e indica il nome delle navi che rischiano di saltare in aria.

Il russo sbatté le palpebre.

Si guardò intorno e scoprì Sonia immobile a terra, Otto, che lo guardava con gli occhi velati, e la muta Gretel, la cui mano destra impugnava anche una pistola.

"Non farò niente di tutto questo," ringhiò l'uomo.

Max colpì la canna della pistola nell'orecchio sinistro del russo, che strillò e barcollò.

Il grido di quell'uomo accelerò la guarigione di Sonia, che rabbrividì e aprì gli occhi, si morse le labbra quando vide il suo connazionale e mormorò:

"Vorostok... Idiota.

Vorostok la guardò impotente.

"Ti ho chiamato al telefono" disse- "Dato che non rispondevi, ho deciso di scoprire cosa stava succedendo.

"Potresti prendere delle precauzioni," disse Sonia seccamente.

"Non sono intelligente come te", disse il russo.

"Basta. Sparerò per uccidere se entro cinque secondi non avrai comunicato con gli uffici portuali" intervenne Max, piazzandosi davanti a Vorostok, fissandolo.

Il raso distolse lo sguardo per fissarlo su Sonia. Disse:

«Nemmeno io sono molto coraggiosa, Sonia.

La donna alzò le spalle. Chinò la testa per nascondere il bagliore nei suoi occhi. Vorostok non era certo un uomo intelligente. Ma mentiva sul suo valore. Ciò significava che c'era qualche possibilità di cambiare le sorti della situazione. Vorostok farebbe qualcosa...

Il russo, attentamente osservato da Max, prese il telefono e allungò la mano destra come per comporre il numero corrispondente.

Quello che in realtà ha fatto è stato sbattere la cornetta contro la mano armata di Max.

Il colpo funzionò e Max, sorpreso, fu costretto a deviare l'arma dal corpo di Vorostok. La sua reazione immediata è stata quella di colpire lo stomaco di Max con il pugno sinistro e poi un colpo con il gomito destro in faccia, che ha fatto fare a Max diversi passi indietro, fino a quando non ha inciampato nel viaggio curato da Sonia, che allungò entrambe le mani verso di lui .la pistola che il tedesco impugnava liberamente.

Sonia ha preso la pistola, ma già Gretel, che era uscita dal suo torpore, le stava sparando addosso, dispersa, ma dando a Max il tempo di ricostruirsi ed evitare che Sonia sparasse a sua volta.

Il secondo colpo di Gretel fu mirato al corpo di Vorostok: vibrò, ma il proiettile non riuscì a contenere il salto del russo verso la finestra da cui si vedeva il mare.

Vorostok ha rotto il vetro, proteggendosi il viso con le mani e le braccia, ma il suo corpo non è riuscito a passare attraverso il telaio della finestra.

Il secondo proiettile sparato da Gretel a Vorostok era mirato molto meglio, scavando al centro della sua schiena.

La sua forza perse improvvisamente, il suo slancio interrotto, Vorostok si accasciò contro i bordi del vetro rotto. Un grido di dolore echeggiò nella stanza; un grido che fu interrotto bruscamente, e Vorostok cadde all'indietro a terra, mostrando il suo petto insanguinato, con diverse piccole creste incastonate in esso. I suoi occhi avevano un'espressione di follia già congelata dalla morte.

Gretel, pallida come la morte, la mano destra penzoloni floscia al suo fianco, fissava, ipnotizzata, quel corpo coperto di sangue.

Nel frattempo, Max aveva completamente dominato Sonia, recuperando la sua arma.

"Dannato assassino!" ringhiò Max, "Moriranno molte persone, Sonia. Persone che non devono morire.

"Nulla può più essere aiutato", ha detto Sonia. Vorostok era l'unico a conoscere i nomi di quelle navi. D'altra parte, anche se avesse comunicato con gli uffici portuali, neanche loro avrebbero ottenuto nulla. Le cariche esploderanno da un momento all'altro.

«Il che significa che quei due uomini verranno presto qui. Devono arrivare-" mormorò Max.

Sonia non ha risposto.

Respirava acido, e nei suoi occhi si vedeva il luccichio prodotto dalla febbre dalle sue ferite, che non smetteva di scorrere di sangue.

"L'armadietto dei medicinali, Gretel," mormorò Max.

"No... non preoccuparti così tanto per me," disse Sonia con voce roca. Non potrò ringraziarti.

Ma Gretel stava già scendendo le scale della trappola, cercando l'armadietto dei medicinali. È tornata poco dopo ed è stata lei stessa ad appoggiarsi a Sonia, strappandole il vestito, per rivelare una spalla bianca, tonda, calda.

Max si allontanò da lì e si diresse verso la trappola, chiudendola. Non era minimamente preoccupato per l'arrivo dei due sabotatori di base, poiché non appena avessero aperto la trappola si sarebbero trovati di fronte alla canna della sua pistola.

Poi Max si avvicinò a Otto.

"Ehi, Max... ho cercato di afferrare la bottiglia per molto tempo," borbottò Otto.

Max, senza dire una parola, porse all'altro la bottiglia di brandy.

Otto bevve e gli vennero le lacrime agli occhi.

"Dammi una pistola, Max", disse più tardi. Cercherò di aiutarti.

"Non c'è bisogno, Otto," ringhiò Max.

"Dammi una pistola...!" esplose istericamente l'uomo, afferrando Max per i risvolti della giacca leggera, sporca di fango e schizzata di sangue.

Max, con calma, si staccò dalle mani di Otto.

«Calmati, Otto», disse. Sono abbastanza da solo.

Otto strinse gli occhi. Il suo viso era lucido di sudore.

"Hai indovinato cosa penso, eh?" brontolò.

Max lo fissò in silenzio.

"Devi capire, Max," mormorò l'uomo. " Non ce la faccio più a sopportare queste pene... "Dammi una pistola... O la bottiglia. Fai qualcosa, Max... Non mi senti?

Max chinò la testa.

"Non posso accedervi, Otto," mormorò.

"Allora fammi uscire di qui.

"Due uomini sono ancora dispersi. Non possiamo andarcene ora, capisci? Se li lasciamo vivi, tutto sarà stato inutile... Anche il tuo sacrificio, Otto.

"Il mio sacrificio... Che diavolo m'importa? Non volevo la guerra, Max... Perché dovrei morire? Voglio tornare in Germania... non avrei dovuto andarmene da lì... non avrei dovuto partire...

Max porse la bottiglia a Otto e disse:

"Bevi, Otto.

"Beh... Stai pensando che sono un codardo, che non sopporto il dolore, eh, Max?"

"Non dire sciocchezze.

"Mi credi coraggioso?

«Non importa adesso, Otto.

"Non è chiaro...

Otto bevve di nuovo. Solo l'alcol, che gli bruciava lo stomaco, riuscì a mitigare l'intenso dolore causato dalle sue ferite.

Poi i suoi occhi, un po' velati, si posarono su Sonia, che resistette, mordendosi le labbra, alla guarigione delle sue ferite. Lei, la maledetta, lo aveva ucciso.

"Cosa farai con quella donna, Max?" chiese, senza distogliere lo sguardo dalla spalla nuda di Sonia.

"Non lo so...

"Sì," intervenne Otto.

Max fece un respiro profondo. Sapeva benissimo cosa stava pensando Otto in quel momento. Naturalmente, sarebbe stato molto comodo per lui lasciare che Otto uccidesse il russo. Tuttavia, Max si riteneva responsabile di ciò che sarebbe potuto accadere e non gli piaceva l'idea di lasciare che Otto uccidesse freddamente la donna.

È vero, risolverebbe un problema per lui, ma... Perché diavolo succede sempre il peggio?

"Non credo che ti sentirai soddisfatto dopo aver ucciso Sonia, Otto-" Max mormorò alla fine. " Era quello che pensavi, vero?

Otto bevve di nuovo. Appoggiò la schiena al muro.

"È vero", rifletté. Sai che comincio a sentirmi molto meglio, Max?

Max guardò la bottiglia.

«Lo celebro», mormorò.

"Cosa pensi di fare adesso?" chiese Otto.

"Aspettarsi. Te l'ho già detto.

"E più tardi?

Max fu sorpreso dalla domanda.

"Più tardi? -" ringhiò. Non lo so. non ho deciso niente,

"Torni in Germania?

«Non è così facile, Otto.

"Certo... Non è facile. Non ho mai sentito così tanta voglia di tornare come in questo momento, Max "disse Otto". Penso che farei alcune cose in modo diverso.

"Rimpiangi qualcosa?

Otto sorrise, che si contrasse, trasformandosi nel mio sussulto.

"Mi pento di quello che non ho fatto, Max", ha detto. Suppongo che qualcosa del genere debba essere sentito da tutte le persone morenti. Si ha l'impressione che abbia stupidamente sprecato la sua vita

Un rivolo di sangue colò lungo l'angolo sinistro della bocca di Otto. Max con voce roca ha detto:

"Non parlare più. Ottone. Riposare bene.

8

Il gommone si attaccò silenziosamente alla parete rocciosa. Con un robusto filo di ferro fu assicurato alla sporgenza di una roccia ei due uomini si dedicarono a far scorrere dall'esterno la roccia che copriva l'imbocco della galleria.

Quando ci riuscirono, Lubyen scivolò attraverso l'apertura, aiutando poi Kuibshef. Una volta che i due uomini furono all'interno del tunnel, issarono la barca, tirando il filo. L'hanno sgonfiato spostandolo all'interno.

L'apertura è stata chiusa e Lubyen ha raggiunto una sporgenza naturale, dove è stata lasciata la lanterna per tali casi.

Non l'ha toccata dallo scaffale; ha semplicemente premuto l'interruttore e la luce ha colpito il punto in cui gli agenti sovietici avevano lasciato i loro vestiti.

I due uomini si tolsero le tute di gomma, indossando abiti normali.

"Puzzo di polvere da sparo, Lubyen", ringhiò Kuibshef.

"Roba stupida.

"Ho un naso molto fine.

Lubyen lo ignorò.

"Sei pronto?" Ringhiò,

"Sì.

Lubyen prese la torcia e si diresse verso il tunnel, dirigendosi verso le scale.

Kuibshef si sentiva stranamente a disagio. C'era odore di polvere da sparo. Naturalmente Lubyen era molto più intelligente di lui, ma quando si trattava di apprezzare il pericolo Kuibshef aveva un istinto molto sviluppato. Non era la prima volta che la sua vita entrava in gioco.

Apparentemente Lubyen stava pensando ad altre cose. Salì le scale e spinse la trappola con la mano sinistra. Ha messo fuori la testa

Vide, molto fugacemente, come un lampo che racchiudeva la morte, che l'oscurità era troncata, violentemente, selvaggiamente.

70

Fugace. Molto fugace.

Lubyen non sapeva nemmeno che il suo urlo era orribile. Un breve grido spezzato.

Con due proiettili alla testa, Lubyen lasciò che la trappola si chiudesse di nuovo e rotolò giù per le scale, lasciando cadere la torcia e correndo su Kuibshef.

I due uomini furono lasciati sul terreno umido. Kuibshef, scrollandosi di dosso il peso del cadavere di Lubyen, prese la lanterna e fece un passo indietro verso l'apertura nella scogliera senza dubitare per un solo momento che il suo compagno fosse morto. Aveva visto brevemente la fronte in frantumi di Lubyen.

Sentendo che l'angoscia, il terrore gli formavano un groppo in gola. Kuibshef indietreggiò fino alla fine del tunnel e cercò di spostare la solida roccia.

Era inutile. Ci sono voluti due uomini forti per spostarlo.

Grosse gocce di sudore cominciarono a gocciolare sul viso di quell'uomo, che si guardava intorno disperato, cercando una via d'uscita che non esisteva. Aprire la trappola e farsi saltare la testa come Lubyen?

"No, no..." - mormorò con voce roca.

Tuttavia, ha iniziato a camminare verso le scale. Si sentiva messo alle strette, sprofondato. Cosa può essere successo?

* * *

Mentre Otto, quasi ubriaco, rideva in silenzio quando la trappola si richiuse, Gretel sul punto di svenire, guardò Max stupita.

Aveva sparato due volte senza preavviso senza aspettare nulla. Aveva ucciso con piacere per farlo. Si leggeva nei suoi occhi in quei momenti. La morte è stata vista nelle pupille grigio-azzurre di Max.

"Max..." sussurrò Gretel, come un rimprovero.

Max strinse gli occhi.

"Finora, uno è morto", ha detto. Uno solo, Gretel. Non posso perdonare quegli uomini né mi interessa come appaiono. Inoltre, ho appena avuto un'idea. Avvicinati.

Gretel, stordita, obbedì.

Di nuovo credeva, in quei momenti, che Max fosse un estraneo per lei. Il viso di Max era molto pallido, contorto. Era chiaro nelle sue pupille che non mentiva, che era deciso a uccidere, qualunque cosa fosse.

Max guardò Gretel negli occhi senza che la sua espressione si addolcisse. Asciutto, ordino:

"Porta i vestiti dal letto di Sonia. Pre-inumidito.

"Max... non capisco...

"Capirai subito-" Max interruppe bruscamente. Non posso dimenticare che dozzine di uomini potrebbero morire stanotte, in pochi minuti. Decine di uomini... Non capisci neanche questo? L'ho visto troppo a lungo, Gretel. Troppo tempo. E non solo uomini. Ho visto morire decine, centinaia, donne e bambini per i quali la guerra era crudele, incomprensibile. non lo sopporto! Gli assassini di massa, quelle spade crudeli e cieche, devono scomparire. Non importa se sono nazisti o russi, devono morire. Davvero, la guerra deve servire a qualcosa: perché muoia il peggio. Sfortunatamente, questo non è sempre il caso. Ma accadrà prima o poi. Saremo mai liberi dagli assassini. I vestiti sul letto di Sonia, bagnati! " gridò Max.

La bocca di Gretel si allargò, come se stesse lottando per respirare.

Non ha fatto un solo commento. Quasi di corsa, cercando di nascondere la sua paura, i suoi singhiozzi, corse verso la stanza di Sonia.

Il russo, da parte sua, guardava Max come se fosse uno strano fenomeno della natura.In quel momento, il russo si sentì nel panico, pensando che se Max non avesse ritrovato la sua solita serenità avrebbe avuto un brutto momento.

Otto stava ancora ridendo.

Guardò Sonia, bruciando con le sue pupille velate quella spalla bianca e nuda. Era stato davvero stupido. La vita ha cose molto buone che aveva trascurato, anche una volta innamorato stava scegliendo goffamente di combattere.

Assurdo

Quello che doveva fare era andare da qualche parte con il polacco, sposarla ed essere felice. Maledetto stupido! Maledetta cecità!

Ha scelto il partito nazista perché non ne aveva ancora sperimentato gli orrori. Era orgoglioso quando ha indossato l'uniforme della "Wehrmacht" ed è stato assegnato a una divisione "Panzer", proprio come Max. Fu lì che si incontrarono e iniziarono la lotta con entusiasmo.

Poi tutto è cambiato.

La nobiltà dell'esercito era sguazzata, infangata dai gruppi di retroguardia, da quei micidiali commando delle SS

Otto chiuse gli occhi e smise di ridere.

Aveva bisogno di un altro drink.

Capì che non era molto dignitoso morire ubriaco, ma non se la sentiva di fare altro. Per lui, la dignità era stata persa molto tempo prima; tutti l'avevano persa.

Finalmente arrivò Gretel, con una pila di vestiti discretamente umidi. La lasciò, in silenzio, ai piedi di Max.

"Cosa hai intenzione di fare, Max?" chiese.

"Non te lo immagini?" Max sorrise freddamente.

"Me...

"Quell'uomo è lì dentro mezzo spaventato a morte", disse Max. Almeno lo sarei. Dopotutto, tutto quello che farò è convincerlo che è meglio morire prima.

Detto questo, Max smise di prestare attenzione a Gretel e si sporse verso il fagotto di vestiti bagnati. Ha dato fuoco all'estremità di un lenzuolo e ha aspettato che il fumo in quella stanza fosse quasi insopportabile.

Fu allora che Max aprì la trappola, e con il piede fece scendere la pira fumante giù per le scale, chiudendosi velocemente.

Tossendo, guardò Gretel e disse:

«Apri bene la finestra, Gretel.

La donna si avviò verso la finestra, attraverso il fumo, evitando il cadavere di Vorostok.

Apparentemente il vetro rotto non produceva abbastanza ventilazione per far uscire il fumo.

Gretel aprì la finestra e rimase un attimo accanto a lei, respirando l'aria esterna a pieni polmoni.

Poi guardò Max.

Rimase vigile, in piedi davanti alla trappola, immobile, sapendo cosa sarebbe successo.

* * *

Naturalmente il fumo non era visibile nell'oscurità del tunnel, soprattutto considerando che Kuibshef, come ulteriore precauzione, aveva spento la torcia.

Tuttavia, iniziò a tossire.

Cominciò a notare una dolorosa irritazione nei suoi occhi. Poi l'odore inconfondibile. Aveva davvero un naso molto fine e un preciso senso del pericolo.

"Dannazione...!" Mormorò.

Capì subito: o sarebbe uscito di lì, pronto a prendere due colpi alla testa, o sarebbe morto asfissiato. Potendo scegliere, chiunque opterebbe per la prima morte. Una morte rapida, quasi dolce.

Accese la torcia e prese dal piccolo arsenale un mitra, che si mise sotto il braccio destro, l'indice incollato al grilletto, e avanzò verso le scale.

Cercò di calpestare il mucchio di vestiti bruciati, ma riuscì solo ad aumentare il fumo,

Non osando nemmeno respirare, iniziò a salire le scale.

Come primo atto, quello che ha fatto è stato premere il grilletto del mitra, sparando un colpo di piombo che ha scheggiato la trappola, sollevandola leggermente a causa degli impatti.

Sparò di nuovo, poi velocemente, con la stessa canna del mitra, spinse il legno, che si spalancò, permettendo a Kuibshef di inalare un soffio d'aria quasi pura.

Solo uno.

Mentre i suoi polmoni si riempivano d'aria, arrivò ciò che aveva temuto. Lì, davanti ai suoi occhi rossi, irritati, acquosi, la morte si è scatenata.

Max Kropelin, immutabile, la pistola stretta, sparò più volte.

I lampi esplosero in un'unica lingua infuocata. Il piombo si aprì, maligno, mortale, verso il viso di Kuibshef.

In pochi secondi, quella faccia scomparve dalla vista di Max, anche se poteva vedere saltare alcune particelle ossee.

Una volta che il cadavere è rimbalzato giù per le scale, Max richiuse frettolosamente la trappola, impedendo al fumo di riempire di nuovo quella stanza.

Poi, fissando il rettangolo di legno, rimase un attimo immobile.

"Massimo."

Non si voltò.

«Andiamocene di qui, Max.

La voce di Gretel era implorante, un po' acuta, come se la giovane donna fosse sull'orlo dell'isteria.

Alla fine, Max si voltò e affrontò Gretel. Gli occhi della ragazza erano pieni di lacrime. Si morse il labbro. Forse tutto quello che era successo era stato troppo per una donna semplice, che al massimo aveva rubato alcuni documenti dall'immenso archivio nazista.

"Sì..." sussurrò Max. Andiamo da qui.

Fu allora che entrambi percepirono un gemito soffocato, che esprimeva un'angoscia indescrivibile.

9

Otto cominciò a scivolare in direzione della donna, che sembrava svenuta. Forse il fumo; forse il dolore delle sue ferite su quella spalla che era un'ossessione per il tedesco.

In quei momenti di tensione, né Max né Gretel si erano accorti di Otto, che avanzava lentamente ma inesorabilmente. Il brandy francese doveva essere di qualcosa. Dannazione...! Otto sapeva che i generali, i politici e le persone grasse del partito nazista si facevano prendere cognac dalla Francia occupata, oltre a "champagne" e alcuni prodotti tipici francesi.

Buon cognac, sì. Quei dannati sapevano cosa stavano facendo.

Otto tossì e notò che gli stava diventando sempre più difficile respirare. Ma non gli attribuiva importanza. Chiedevo solo qualche minuto in più di vita.

Rise stranamente, pensando che almeno avrebbe fatto qualcosa di cui non si sarebbe pentito di aver lasciato in sospeso.

Tornò a guardare Sonia, che era ancora con gli occhi chiusi. Molto pallido. Mostrava la sua gola bianca; una gola pulsante che si allargò davanti agli occhi arrossati di Otto.

Quando raggiunse la donna, Otto guardò Max e Gretel, che non gli prestavano la minima attenzione. Quella Gretel, secondo Otto, aveva occhi solo per Max. Meglio. Il meglio per Massimo; un ragazzo fortunato.

Fu allora che gli spari cominciarono a risuonare.

Otto non aspettò oltre. Avanzò entrambe le mani, fredde, rigide, e circondò la gola di Sonia.

La donna, al contatto, anche a causa dell'esplosione degli spari, ha aperto gli occhi e, inorridita, ha cercato di urlare.

Non poteva più farlo.

"Muori, cagna..., muori..." balbettò Otto, "Le persone come te non meritano di vivere..., non meritano di respirare...

76

Sonia cercò di ribattere, ma le mancarono le forze. Quelle dita intorno alla sua gola le presero i nervi, le oscurarono il cervello.

"Max si era dimenticato di te..." ansimò Otto. Io non. Tu sei il principale colpevole di tutto questo. Sei il peggior assassino. Che ti importa se muoiono persone innocenti...? Cosa te ne importa ...? Non l'hai mai visto, vero? Io faccio. L'ho visto...!

Otto, col viso arrossato, con le vene delle tempie sul punto di esplodere, era mezzo in piedi, raccogliendo le sue già scarse forze per stringere il collo di Sonia.

La donna aveva smesso di lottare e il suo viso stava diventando scuro. gemette. stavo solo gemendo.

"Lasciala, Otto... Dai, lasciala...!

Né ha sentito nulla.

Il gigante tedesco notò uno strano piacere nell'infilare i pollici nella giugulare di Sonia. Tuttavia, non offrì la minima resistenza quando le mani di Max riuscirono a separare le sue da quel collo brutalmente reciso.

Quando Max si chinò per esaminare Sonia più da vicino, sospirò e disse:

«L'hai strangolata, Otto.

Otto non rispose.

Davvero, gli effetti di quella mezza ubriachezza stavano svanendo e le parole di Max rimbalzavano sul suo cervello gonfio ed esausto.

Scrollò le spalle e balbettò:

"Lui... se lo meritava, Max... non è vero?

«Certo, Otto. Ma succede che... Bene. Roba stupida. Stavo per dire che è una donna.

"Era... era un mostro, eh, Max?

Max fissò Otto. Scoprì l'ansia nelle pupille velate dell'uomo. Otto quasi certamente si aspettava che Max confermasse che Sonia era stata un mostro. Otto attese quella conferma come attenuante per tranquillizzarsi la coscienza.

«Lo era, Otto», disse. Ora è solo una donna morta. Uno in più. Poco importa; Capisci

Otto annuì imbarazzato e disse:

Grazie, Massimo.

"Bah. Ora ce ne andremo da qui. Torneremo in città. Forse qualche dottore ti salverà, Otto. Andiamo?

"Si si. Spenderei per salvarmi, Max. Abbiamo fatto un buon lavoro, eh? Molto bene. Certo, davvero, sei stato tu a portare il peso del lavoro, ma mi ritengo anche soddisfatto. Un grande trionfo, Max.

Max si leccò le labbra.

Stavo per dire che questo non è stato un trionfo, ma tutt'altro: un clamoroso fallimento.

"Sì... un grande trionfo, Otto" sussurrò. Abbiamo smantellato una pericolosa rete di sabotaggio sovietica. Un grande trionfo...

Si voltò a guardare Gretel, che si era avvicinata a entrambi. Gretel notò che le pupille di Max si erano ammorbidite. Trovò persino quell'uomo che aveva sparato di recente, pazzo di rabbia, rilassato con alcuni assassini.

Dai, Gretel. Aiutami a portare Otto. Ti accompagniamo noi alla macchina.

"Sì, Massimo,

Di nuovo, Max portò il peso di Otto e iniziò a camminare verso l'uscita di quella casa, che era una grande tomba. Fu Gretel ad aprire la porta sull'esterno, e l'aria riempì i polmoni di Max, nella cui mente danzava ancora lo spettacolo della fronte frantumata di Lubyen e del viso frantumato di Kuibshef.

Tuttavia, ha notato che non provava il minimo rimorso. Dopotutto, quei due uomini meritavano la morte.

Finalmente raggiunsero l'auto, parcheggiata dietro un gruppo di alberi appena fuori strada. Gretel scivolò nel veicolo, prendendo il sedile anteriore al volante.

Lì la ragazza si sentiva molto meglio. Specialmente da quando si era lasciato dietro quell'orrore dei morti.

Otto fu fatto accomodare sui sedili posteriori e Max prese posizione accanto a lui.

"-Alzati, Gretel," mormorò Max.

La giovane donna indietreggiò, indietreggiando finché non ebbe un angolo di svolta. Poi svoltò sull'autostrada in direzione di Stoccolma, i cui edifici, masse scure punteggiate di luce, erano visibili da una relativa distanza.

Gretel si voltò leggermente e chiese:

"Dove andiamo, Massimo?

Max rimase pensieroso per un momento.

Un'idea si insinuò nel suo cervello, anche se la liquidò come inutile. Era scoraggiante sapere che non c'era niente che potessero fare per le navi sui cui scafi erano bloccate le malefiche "lamprede" esplosive. Tuttavia, ha detto:

«Al porto, Gretel.

Otto rabbrividì.

"In porto, Max?" chiese debolmente.

"Perchè no?

"Stiamo perdendo tempo... E sto morendo dissanguato, Max..." ansimò Otto. "Voglio vivere, capisci? Voglio vivere...

Quelle parole, lo sforzo di pronunciarle, sembravano esaurire le sue forze e Otto giaceva sul sedile, respirando debolmente e con gli occhi chiusi.

Max strinse i denti. Era chiaro che i minuti della vita di Otto erano contati.

Una moltitudine di pensieri correva nel cervello di Max; moltitudine di ricordi. Sembrava che la sua vita fosse iniziata un anno prima; Riuscì solo a ricordare cosa accadde in quell'anno; in quello che aveva dato alla sua vita una svolta tragica e inaspettata.

Mentalmente, per tirarsi su di morale, pensò di essere stato fortunato, dopotutto. Otto n. Ni Kurbjuhn; né altri come loro. Ha preservato la vita e ...

Max fissò gli occhi sui capelli di Gretel; quel marrone scuro che brillava come un barlume di speranza.

E Gretel, sì.

In quei momenti, Max avrebbe voluto che fosse tutto finito; Voleva rinunciare alla lotta e trovare un altro posto dove vivere con Gretel. Quella città, Stoccolma, si sarebbe presto avvicinata al suo gruppo d'azione antinazista.

L'auto era già entrata in città, quasi paralizzata a quest'ora della notte.

Alcune luci lampeggiarono.

"Forse con la macchina attireremo l'attenzione in porto, e più in questo momento, Gretel" ha detto Max ", parcheggia il più vicino possibile. Poiché non possiamo portarlo con Otto, lo lasceremo qui fino al nostro ritorno,

Otto si mosse.

"No... non tardare, Max..." mormorò debolmente.

"Nessun uomo.

"Non vorrei... morire da solo... ecco, capisci?

Max chiuse brevemente gli occhi.

«Nessuno parla di morire, Otto.

"Io... io so molto bene cosa provo. Nessuno può più ingannarmi ... Nemmeno me stesso ", sussurrò il tedesco.

C'era silenzio all'interno dell'auto. Max guardò Gretel e notò la tensione che stava sopportando la donna. Quello che non poteva vedere erano le lacrime che scorrevano lungo le guance livide della donna.

Poco dopo Gretel stava frenando in una strada vicino al porto, a un centinaio di metri di distanza.

In silenzio la ragazza scese e aspettò che lo facesse Max.

Gretel evitò di guardare in macchina. Il suo sguardo era fisso sulle poche luci del porto, avvolte dalla nebbia, come se la tragedia che era stata intuita l'avesse ipnotizzata.

"Finora, Otto," mormorò Max. Vorrei poter ancora fare qualcosa per quelle navi... Otto,

Silenzio.

Otto non si muoveva. Sembrava non avesse sentito Max. Sembrava non sentire più nulla da questo mondo.

Improvvisamente sconvolto, sudato, Max si sporse in avanti, esaminando gli occhi chiusi del suo compagno. Abbassò la palpebra inferiore di un occhio, senza che Otto si muovesse,

"Otto...

Era un sussurro gelido e soffocato.

"Morto... Ma di cosa sei sorpreso, Max? "Si chiese il tedesco." Lo stavi aspettando e ora...

Sentì un groppo in gola.

Quando reagì, pensando a Gretel, che aspettava fuori, cercò di calmare la sua espressione.

Lentamente, lasciò il veicolo e si avvicinò alla giovane donna.

"Andiamo, Gretel," mormorò.

Camminarono veloci, nervosi, in direzione del porto. Non avevano ancora "fatto venti passi, quando attutito, annegato, risuonò la prima esplosione. I corpi dei due tedeschi vibrarono. Angosciosi, accelerarono il passo.

Il secondo. Terzo.

Già vedevano l'acqua che balza, spinta verso l'alto da una mano selvaggia e brutale. Altre esplosioni. Le grida delle poche persone sul molo cominciarono a essere udibili. L'allarme è suonato.

Ansimanti, Max e Gretel arrivarono davanti al porto e fissarono con stupore la scena mostruosa. Una delle navi aveva già la poppa quasi affondata e si notò la febbre dei suoi membri dell'equipaggio, che frettolosamente calarono le barche, in mezzo a grande confusione.

Dall'altra parte delle navi, quasi contemporaneamente all'esplosione di una "lampreda" posta sotto i serbatoi del carburante, un terrificante bagliore rosso-nero si levò nel cielo e la nave iniziò a fare acqua rapidamente.

Nel frattempo, nel porto, suonavano le sirene d'allarme, che trasformavano tutto ciò in qualcosa di allucinatorio.

"Andiamo, Max... Andiamo!" Gretel quasi singhiozzava. Non possiamo fare niente qui. Non si può più evitare nulla.

Max, ancora stordito, annuì.

"Si si. Andiamo.

La prese per un braccio e la trascinò in direzione dell'auto a noleggio ferma all'angolo.

"Non lo dimenticherò mai, Max," sussurrò Gretel.

Max sorrise amaramente. In effetti, ci sono cose che non si possono mai dimenticare. Rimangono sempre nascosti, ma vivi, latenti, in ogni angolo del cervello. Sapeva benissimo che era vero. Sapeva anche che molte notti Gretel sarebbe saltata giù dal letto, angosciata da quelle esplosioni, da quel fitto incendio, dalle barche che si capovolgevano terribilmente, mentre uomini innocenti cercavano la loro salvezza.

Quando raggiunsero la macchina, Gretel prese di nuovo il suo posto e Max si spostò al suo fianco. La ragazza guardò Max sorpresa. Lo interrogò con i suoi grandi occhi azzurri, un po' annebbiati.

"Otto è morto," sussurrò Max.

"Mio Dio...

Era così. Era abbastanza. Era una supplica straziante. Per odiare la guerra bisogna viverla da vicino, non con gli archivi della Gestapo più o meno vicini. Non importava. E Gretel era impreparata a guardare le persone morire in massa, selvaggiamente, come se dovessero qualcosa alla Natura.

"Gretello...

La voce di Max era ovattata, morbida. La ragazza lo fissava, come se in quei momenti lo stesse scoprendo di nuovo.

"Devi reagire, Gretel," mormorò Max.

"Capisco", sussurrò la giovane donna. Cosa facciamo adesso?

Max guardò rapidamente verso i sedili posteriori, guardando il cadavere di Otto. Si leccò le labbra e disse:

«Per ora, dobbiamo nascondere il corpo di Otto. Nessuno dovrebbe associare quello che è successo in quella casa ai tedeschi, capisci? Prima o poi le autorità svedesi la troveranno e capiranno molte cose quando scopriranno il tunnel. Vi faremo credere che in questo siano intervenuti solo agenti russi. Comunque si può dire che è stato quasi così. E in ogni caso, sono loro i colpevoli. Contiamo quindi sulla polizia svedese per rafforzare la sorveglianza e non credo che i russi insisteranno nel sabotare le navi nel porto di Stoccolma.

Gretel annuì.

"Okay, Max," mormorò, mentre avviava la macchina, pensando che quella era la seconda volta quella notte che svolgeva questo macabro compito.

Pochi secondi dopo, il veicolo è scomparso da quella scena.

"Cosa faremo dopo, Max? Ho paura ", ha detto Gretel.

Max si prese un momento per rispondere.

"Dimmi, Gretel... Stai ancora pensando di non tornare in Germania per il momento?"

"Sì, Massimo.

"Beh... ci ho pensato e penso che la cosa migliore sarebbe sparire da Stoccolma" disse il tedesco.

Gretel lo guardò sorpresa.

"Ma è qui che, attualmente, potremmo formare un forte gruppo antinazista, Max", ha detto.

Max sorrise leggermente.

"Non lo metto in dubbio. Ma Stoccolma d'ora in poi sarà anche una città alla quale la Gestapo sarà attratta. E, ove possibile, bisogna evitare scontri con la Gestapo. Più non sanno delle nostre organizzazioni all'estero, meglio è.

"Comprendere. Quindi...?

"Un buon posto sarebbe sicuramente Oslo. Lavoreremo anche lì", ha risposto Max.

La giovane donna sospirò.

"Sarà Oslo", ha detto.

"Certo, dovremmo trovare un modo per far sapere a Horst quello che vogliamo", ha detto Max. " Ma al momento non voglio pensarci. Ora, mi ritrovo... stanco.

Dopo aver detto queste parole, Max si appoggiò allo schienale del sedile e lasciò che l'auto si muovesse, guidato dall'istinto di Gretel. Ancora una volta si rese conto di essere stato fortunato.

Gretel gli diede una rapida occhiata, ma non disse nulla. ero perplesso

Da quando ama Max? Forse per sempre... Ma almeno così sembrava. Perciò. Che importava il resto? Guerra? Voleva solo la pace.

Il veicolo aveva già lasciato la città alle spalle e serviva ancora una volta come carro funebre.

Ovunque all'aperto sarebbe un buon posto per nascondere il corpo di Otto. Se l'avessero scoperto, sarebbero potute succedere molte cose. In ogni caso, sarebbe molto difficile per la polizia svedese identificarlo.

Gretel rabbrividì. Davvero, quel modo di essere sepolti non era piacevole; non c'era nemmeno una tomba. Era quasi quanto negare che l'uomo fosse mai vissuto.

Fu sorpreso dalla voce di Max, poiché credeva che i suoi occhi fossero ancora chiusi. Massimo aveva detto:

"Fermati qui, Gretel.

L'auto si fermò dolcemente.

10

L'auto si è fermata davanti al portone dello stabilimento che li ha affittati. Velocemente, Max e Gretel scesero e iniziarono a camminare. Il dettaglio dell'auto potrebbe essere pericoloso, poiché la sua scomparsa verrebbe denunciata alla polizia e Gretel sarebbe perquisita.

"Stanotte ci separeremo, Gretel," disse Max. Ti accompagnerò al tuo hotel e tornerò al mio appartamento. Preparo tutto per una scomparsa che non desti sospetti, capito?

"Sì.

Sembravano un po' più animati. Camminavano molto vicini e sembrava che tutto ciò fosse già molto vicino.

Non sembravano sapere che presto sarebbe spuntata l'alba.

Impiegarono quindici minuti per raggiungere il discreto albergo dove alloggiava Gretel, Max prese la giovane donna per le spalle e la guardò negli occhi. Notò la stanchezza che dominava questa ragazza, le cui pupille erano un po' spente, e sotto gli occhi si erano formati dei cerchi leggermente bluastri.

"Ti aspetto al comodino, Gretel," mormorò Max.

La giovane donna, sorridente, annuì.

"Nient'altro, Max?" chiese.

Max guardò lungo la strada, addormentato.

Avvolse entrambe le braccia intorno alla vita di Gretel e la strinse dolcemente a sé. Gretel aveva alzato il viso e le sue sottili labbra rosa erano socchiuse.

Max la baciò forte e pensò che fosse un peccato dover abbandonare la donna in quel momento. Gretel deve aver pensato qualcosa di simile, visto che ha baciato Max a lungo, appassionatamente.

"Ci vediamo dopo, Max-" sussurrò, quando si staccò dall'uomo.

Massimo annuì.

Lasciò che la giovane donna si dirigesse verso l'ingresso dell'albergo. Una volta fuori dalla vista, Max iniziò a camminare verso il suo appartamento.

Fu solo dopo aver acceso una sigaretta e aver soffiato una densa nuvola di fumo nel cielo che si rese conto che era l'alba.

Da parte sua, Gretel passò lentamente davanti al bancone della reception dell'hotel e notò che gli occhi assonnati del portiere di turno si sarebbero ravvivati alla vista.

L'idiota doveva aver creduto che Gretel avesse passato una... notte irrequieta.

Vero, ma non nel senso espresso dalla malizia degli occhietti del custode.

Comunque, a Gretel non importava. Era troppo stanca, troppo stordita da tutto quello che era successo per notare quell'uomo.

Prese l'ascensore fino al secondo piano e andò nella sua stanza. La sorpresa la lasciò congelata, immobile.

* * *

Il comodino, come ogni giorno al tramonto, era vivace. In genere erano le coppie di giovani che cercavano i luoghi freschi e strategici di quel belvedere situato di fronte al mare.

Si sentiva più sicuro quel pomeriggio, più calmo. L'atmosfera della capitale svedese è serena, pacifica, aiuta le persone a sentirsi bene.

Max guardò il suo orologio da polso e dedusse che Gretel non avrebbe tardato ad arrivare. Sentì un vero bisogno di rivederla, di sentirla accanto a sé, di baciarla. Gretel, con la sua presenza, gli avrebbe indicato che tutto quello che era successo la notte prima non aveva niente a che fare con un sogno.

Max aveva già una buona idea di cosa avrebbero dovuto fare il giorno dopo.

Avrebbero lasciato la Svezia silenziosamente come erano arrivati. La combinazione era la ferrovia per Mariestad, sulle rive del lago Véner.

Potrebbero trascorrere lì qualche giorno, mescolandosi ai vacanzieri svedesi. Un buon posto per passare inosservati. Poi Oslo.

Max alzò lo sguardo, cercando di vedere di nuovo l'arrivo di Gretel. E lui l'ha vista.

Per questo motivo, la fronte di Max prima si corrugò, così che i suoi occhi, in seguito, acquistarono una chiara espressione di sorpresa. Gretel n. Sono arrivato da solo.

Lasciò che la ragazza e la sua compagna venissero al suo fianco e disse:

"Non capisco, Horst...

L'omino con gli occhiali spessi sorrise.

Siediti, Massimo. E tu, Gretel.

Entrambi i giovani obbedirono e Horst Anthelme si sedette accanto a loro. Rilassati, si accese una sigaretta. Poi fissò Max e disse:

"Gretel ha spiegato tutto quello che mi è successo, Max. Buon lavoro; veramente.

"Sei qui perché non ti fidavi di me?" chiese Max, teso.

"Non essere sciocco," ringhiò Horst, fissando i suoi occhi miopi su quelli di Max. A Berlino sono successe delle cose.

"Roba?

"Siamo stati scoperti. La mia organizzazione è stata smantellata in un batter d'occhio. Max "disse Horst." Continuo a pensare che sia un sogno che io sia qui in questo momento. Non so nemmeno come ho fatto a fuggire dalla Gestapo. Naturalmente il mio compito era quello di comparire qui e aggiornarvi sui fatti.

Max digrignò i denti,

"Come ti ha scoperto la Gestapo?" Chiese,

Horst scrollò le spalle.

"Sapete già che sono molto potenti. È difficile sconfiggerli continuamente. Sospetto che la scomparsa di Gretel abbia qualcosa a che fare con questo. Ciò significa anche che, forse, la localizzeranno e cercheranno di saperne di più. Inteso?

Max e Gretel si scambiarono un'occhiata. Max si leccò le labbra allora.

«Ho capito, Horst», disse. Hai intenzione di rimanere a Stoccolma?

Horst sorrise leggermente e scosse la testa.

"Sarebbe sciocco, Max," rispose. Sono già una vecchia conoscenza di quelle dannate cose. D'altra parte, hai finito il lavoro d'azione a Stoccolma. È un peccato che, a seguito di quanto accaduto a Berlino, sarà difficile fare propaganda per il nostro gruppo.

"Sì... è un peccato," mormorò Max.

Horst sbatté le palpebre.

"Cosa c'è che non va in te?" chiese.

"Beh... stavo pensando a Kurbjuhn e Otto. Sono caduti, Horst. Non lo so... ho l'impressione che siano morti per niente. Stupidamente e inutilmente.

Horst rimase in silenzio per un momento.

"Penso che ti sbagli, Mas" disse, infine, dolcemente- ". Nessuno muore per niente. Il suo sacrificio aprirà gli occhi a molte persone; Capisci

"E quello? Se solo perdessimo la guerra...!

Horst sorrise.

"Non essere assurdo, Max," disse. Perché dovremmo perdere la guerra? Che, al momento, non ha alcun fondamento. L'intera Europa è dominata dalle nostre truppe. Ottimo. Dobbiamo cercare di aiutare quelle truppe dal nostro campo. Ad esempio: l'eliminazione della rete sovietica che ha sabotato le spedizioni di acciaio svedesi. Ora, si tratta di annullare il nazismo. Niente più slavi. Niente più omicidi, capisci?

Massimo sospirò.

"Certo, Horst. Perfettamente", ringhiò.

"Concordare. Ci trasferiremo a Oslo

"Anche tu?" ringhiò Max.

«Ti dà fastidio?» sogghignò Horst.

"Beh... Per quanto mi infastidisca, no. Ma... avevo pensato di riposarmi un po', mormorò il giovane.

Horst si accigliò. Guardò il mare pensieroso.

"Abbiamo bisogno di te, Max," mormorò alla fine. " O pensi che la battaglia sia finita? direi di iniziare, sai? Gli Stati Uniti lanceranno in piena forza e dobbiamo risparmiare alla Germania quanti più danni possibile.

"Mi convinci sempre, Horst" sorrise stancamente, Max.

«Me l'aspettavo», sospirò Horst.

"Già. Buona serata.

Horst fu un po' sorpreso-

"Quella...?

"Ti ho detto buonanotte, Horst" sorrise Max "Ci vediamo a Oslo. Ti sembra brutto?

Horst guardò Max e poi Gretel. La ragazza era leggermente arrossata e fissava il tavolo con molta attenzione, come se scoprisse in quel momento che il piano era di marmo.

Il vecchio rise,

"Diavoli...! Mi dispiace, Max "ha detto". In realtà, le persone anziane tendono ad essere piuttosto pesanti. Buona fortuna, Max, ciao Gretel,

Horst si alzò e, sorridendo, iniziò ad allontanarsi, seguito dallo sguardo di entrambi i giovani. Horst non era così vecchio. Ha conservato una buona parte delle sue energie fisiche e una grande forza mentale. L'uomo che aveva sfidato la Gestapo di Berlino non poteva essere chiunque.

Non lo era, in realtà.

Quando fu fuori vista, tra i giardini del viale, Max guardò Gretel.

"Avevo paura che si mettesse tra noi" disse Max-". E no. Un po' di vita deve essere nostra, Gretel. Abbiamo il diritto di,

Gretel sorrise. Un sorriso attraente, allegro in quei momenti.

"Certo, Massimo. Andiamo?

Max la guardò, sorpreso.

"Dove?" domandò.

Seguì lo sguardo di Gretel, che si era posata su quei freschi giardini, traboccanti di coppie; lì si parlava d'amore, lì sono nate tante illusioni.

"Mi piacerebbe passeggiare nei giardini, Max," disse. Confesso che mi è sempre sembrata una cosa molto stupida e non ho avuto occasione di verificare il contrario. In realtà, nella mia vita ci sono stati pochissimi fiori...

È stato interrotto. Una nuvola improvvisa gli aveva leggermente annebbiato gli occhi.

Massimo ha capito. Gretel era anche una di quelle che si erano sacrificate. Ma questo doveva essere dimenticato. Dopotutto, era stato per qualcosa... Esattamente: per qualcosa:

Ricordò le parole di Horst: "Nessuno muore per niente". Così è stato. Nessuno muore per niente e nessuno si sacrifica per niente. La frase potrebbe essere usata con molte persone. Non aveva ancora dimenticato Sonia, quei tre russi che avevano combattuto...

"Andiamo, Gretel," disse, interrompendo improvvisamente i suoi pensieri. La vita doveva essere anche un po' la loro.

Lasciarono il comodino dirigendosi lungo il viale verso i giardini, quando di notte era quasi buio.

Respirava bene. Quella notte ci sarebbe stata la luna piena.

Camminarono per qualche minuto in silenzio.

Successivamente, Gretel ha scelto una panca di legno ben posizionata nell'angolo.

"Sediamoci, Massimo. Ti amo, con quanta facilità si possono sbagliare in relazione agli altri. È meraviglioso poter dire: ti amo.

Max sentì un calore intenso nel petto.

Gretel sembrava persino più giovane con quella nuova luce nelle pupille.

Al diavolo tutto! La guerra, Oslo, la Gestapo, le spie russe... La vita si assapora a sorsi, è vero, ed è la più grande stupidità del mondo non approfittare di uno di quei pochi sorsi, ma che può riempire una vita .

«Meraviglioso» Gretel», sussurrò Max.

Erano soli sulla panchina, in quello stretto giardino. Max non poteva più aspettare. Avevo bisogno di Gretel, avevo bisogno del suo bacio", avevo bisogno di quel sorso di felicità.

La circondò con entrambe le braccia, avidamente, e la guardò negli occhi, luccicanti. La riconobbe;

Misteriosamente, quasi senza che intervenisse la volontà di entrambi, le loro labbra si unirono a lungo, quasi a disagio.

Il prossimo sorso che la vita potrebbe fornire potrebbe essere amaro,

FINE

www.ingramcontent.com/pod-product-compliance
Lightning Source LLC
Chambersburg PA
CBHW031439130726
47989CB00003B/1207